せんばづる

千只鹤

[日] 川端康成 著
常非常 紫鸢 译

贵州出版集团
贵州人民出版社

图书在版编目（CIP）数据

千只鹤 /（日）川端康成著；常非常，紫鸢译. -- 贵阳：贵州人民出版社，2023.1
　ISBN 978-7-221-17454-3

　Ⅰ. ①千… Ⅱ. ①川… ②常… ③紫… Ⅲ. ①中篇小说－小说集－日本－现代 Ⅳ. ① I313.45

中国版本图书馆CIP数据核字（2022）第206716号

千只鹤
QIAN ZHI HE

[日] 川端康成 / 著　常非常　紫　鸢 / 译

责任编辑	唐　露
装帧设计	吴黛君
出版发行	贵州出版集团　贵州人民出版社
地　　址	贵阳市观山湖区会展东路SOHO办公区A座
邮　　编	550081
印　　刷	大厂回族自治县德诚印务有限公司
开　　本	620mm×889mm　1/16
印　　张	14
字　　数	203千字
版次印次	2023年1月第1版　2023年1月第1次印刷
书　　号	ISBN 978-7-221-17454-3

定　　价　59.00元

目录

ディレクトリ

千只鹤 / 001

千只鹤 ...002

林中夕阳 ...023

志野瓷 ...039

母亲的口红 ...052

二重星 ...069

波千鸟 / 091

波千鸟 ...092

别离之旅 ...111

新家庭 ...138

十六岁的日记 / 151

参加葬礼的名人 / 177

致父母的信 / 185

千只鹤

常非常 / 译

千只鹤

一

进了镰仓圆觉寺院内,菊治还在犹豫要不要去茶会。时间已晚了。

每次栗本近子在圆觉寺深院里的茶室主持茶会,总要邀请菊治参加的,不过在父亲去世后,他再没来过一次。他觉得这只是看在亡父的情面上才邀请自己的,故而对这种邀请置之不理。

不过这次的请帖上却多写了一笔,说很想让他见见一个女弟子。

读到这里,菊治想起一件往事。

八九岁的时候,他陪同父亲来到近子家,见她正在茶室里袒露胸部,用小剪子剪痣上的毛。痣在左边,覆盖了半个乳房,一直蔓延到心口窝处,像手掌那么大。这个黑紫色的痣上长着毛,近子剪的就是这上面的毛。

"啊,少爷也一起来了?"

近子像是吃了一惊,急急忙忙要合上衣襟。可是这么慌忙反而可能会更显尴尬,于是她跪着稍稍转过去,慢慢将衣襟扎进腰带。

看来,让她感到吃惊的不是菊治的父亲,而是菊治。女仆去玄关应答且通报过了,近子自然知道菊治的父亲来了。

父亲没有进茶室,在隔壁坐着。这个客厅权作茶道教室。

父亲看着壁龛里的挂轴,漫不经心地说:"给我来碗茶吧。"

"哎。"

近子这么应了一声,却并没有马上过去。

菊治看到近子膝盖铺的报纸上，落着如同男子胡须一样的毛。

大白天的，老鼠就在顶棚里闹。走廊旁边的桃花开了。

坐在炉子旁边，近子有些茫然地在煮茶。

此后大概十天左右，菊治听到母亲像是揭示惊天大秘密似的对父亲说，近子之所以不结婚，是因为胸前有黑痣。看来母亲认为父亲不知道这回事。母亲对近子满是同情，满是遗憾。

"嗯，嗯。"父亲做出有些惊讶的样子附和着——

"不过，让丈夫看见这个也没什么吧。只要提前知道有这么回事，也就那么回事吧。"

"我也这么说。只是身为女子，说自己身上长着这么大一块黑痣，实在难以启齿。"

"已经不是年轻姑娘了，有什么难以启齿的。"

"还是很难开口的吧。若是让男方结婚以后才知道有这回事，可能也不过一笑了之，只是……"

"哦，她让你看那块黑痣了？"

"怎么可能？这是什么昏话。"

"只是这么一说吧。"

"是她今天过来学茶道的时候，聊了好些话……终于还是说出来了。"

父亲默默不语。

"结婚以后才知道的话，男人会怎么样呢？"

"可能会讨厌，很不自在吧。不过，也可能会喜欢这种秘密，觉得很有魅力哪，也不一定。以为是缺陷，说不定也会带来什么好处。实际上并不妨碍什么的。"

"我也安慰她说这没什么妨碍。只是她说，这块黑痣可是长在乳房上啊。"

"嗯。"

"考虑到有了小孩以后喂奶的时候，这是最令她痛苦的了。丈夫可能不在意，小孩就不一样了。"

"这样会不出奶吗？"

"这倒不是……她的意思是，喂奶的时候，难免让孩子看见这黑痣吧。我也没想到这一层，不过本人的顾虑就是多啊。孩子一生下就要吃奶，眼睛一睁开就看见这个了。妈妈的乳房上有丑陋的黑痣，这可是来到人世的第一印象啊。对妈妈的第一印象就是乳房上有丑陋的黑痣，孩子此后一生都会为此深深纠结吧。"

"哦？这不是自寻烦恼吗？"

"是啊，给孩子喝牛奶，或者请个奶妈都行啊。"

"我觉得有奶就行了，有没有黑痣有什么要紧的。"

"恐怕不行吧。当时我一听这个，都要哭了。心想，可不是嘛，我可不想菊治在有黑痣的乳房上喝奶。"

"哦？"

父亲装得好像刚刚知道近子的黑痣似的，这让当时的菊治感到很是恼火。明明连菊治也看见了那块黑痣，父亲竟然不把他放在眼里！这样的父亲让他觉得讨厌。

现在，大约二十年后，菊治又回想起当时的情景。父亲当时一定非常张皇失措吧，他不由得苦笑了。

从十岁左右开始，他常常记起母亲的话。一想到有个同父异母的弟弟或妹妹趴在有黑痣的乳房上吸奶，他就感到恐慌。

他不仅仅是为有个同父异母的弟弟或妹妹感到恐慌，那个孩子本身就让他感到畏惧。菊治总是忍不住去想：谁吃了有毛的黑痣的奶，肯定会变得像凶神恶煞一样可怕。

还好，近子没有生孩子。如果怀着恶意猜想，会怀疑是她的父亲不让她生孩子。他把黑痣对孩子的影响、母亲为这事难过等等作为借口，阻止近子要孩子。不管怎样，在父亲生前还是去世后，近子确实没有要孩子。

大概近子害怕菊治会把黑痣的事告诉母亲，就提前过来跟母亲坦白了。近子一直没有结婚。不知是不是黑痣影响了她的一生？

菊治从未能忘怀这块黑痣，他有时甚至觉得它会跟自己的命运联系在一起。

收到近子的请柬，并且被告知想用茶会的契机给他介绍一位小姐时，这块黑痣再次浮现在菊治脑海里。既然这位小姐是近子介绍的，她会不会是冰雪肌肤、毫无瑕疵的呢？

他父亲会不时捏一下那黑痣吗？他咬过它吗？菊治胡思乱想着。

即使是现在，当他在鸟声啁啾中穿过寺院时，脑子里仍闪过这些妄想。

这件事过后约三年，近子变得有些男性化了。后来，她完全成了个中性的人。

就在今天的茶会上，近子估计也是风风火火、忙前忙后吧。而那长了黑痣的乳房，恐怕早已萎缩了。想到这儿，菊治嘴角现出放松的微笑。正在这时，身后有两个姑娘急匆匆赶上来。

他停下脚步，让她俩过去。

"去栗本的茶会是这个方向吗？"他问。

"对。"两个姑娘齐声答道。

其实菊治是知道路的，而他从她们所穿的和服可以猜到她们也是去参加茶会。他之所以要问，是想明确自己要去那里。

其中一个女子很美。她拿着一个绉绸包袱。包袱皮是粉色的，上面有千只鹤的图样。

二

菊治到的时候，两个女子正在换上新的布袜。

他从她们身后往里看，茶室是一个八叠大小的房间，各人的膝盖一个个挨得很近。似乎只有女客，都穿着色彩缤纷的和服。

近子马上看见了他，带着很惊喜的样子起身迎接。

"请进，请进！真是贵客啊！来来来，从这里进去就好。"她指着靠近壁龛的纸拉门。

菊治有些局促不安，脸红了。他感觉所有女人都在望向自己。

"只有女士吗?"

"之前还有一位男士,但已经离开了。你是万绿丛中一点红。"

"我可算不上'红'。"

"怎么不是,你是大红人啊。"

菊治微微摆手,表明自己更愿意从另一扇不那么显眼的门绕进去。

那位姑娘正在把换下来的布袜放到千只鹤的包袱里。出于礼貌,她站到一边让他先过去。

菊治进到隔壁房间,这里摆满了糖果盒子、装茶具的箱子、客人的包袱什么的。有个女佣在水房洗东西。

近子进来,在菊治面前坐下。

"怎么样?这位小姐很不错吧?"

"带了千只鹤包袱的那位?"

"包袱?我哪里知道什么包袱?就是刚刚站在这里,很漂亮的那个呗。她就是稻村家的小姐。"

菊治微微点了点头。

"包袱……你注意到的事可真怪,没想到你这么细心呢。我还以为你们是一块过来的,正佩服你的殷勤周到哪。"

"你说的这是什么话啊。"

"在路上碰见,也是你们的缘分啊。你父亲也认识稻村的。"

"哦?"

"他们家以前在横滨开生丝铺子的。她对今天的事不知情,你可以好好看看她。"

近子的声音可不小。菊治颇为担心她会让纸拉门那边参见茶会的人听见。正在局促不安之际,忽然,她又把脸贴近过来——

"不过,还有个麻烦事,"她压低嗓门说,"太田夫人在这里,她女儿也过来了。"

她打量着菊治的脸色,又说:"我并没有邀请她过来。不过,像这样的茶会,是谁想来都可以来的,之前还有两拨美国人进来。她听说了这事，我也是没办法。当然，她并不知道你跟稻村小姐的事。"

"我跟她？可是我……"菊治本想说自己并不是来相亲的，可是喉咙发紧，没有说出口。

"不过，真正觉得不自在的应该是太田夫人，你装作什么事都没有就行了。"

近子说这种话，让菊治很是恼怒。

栗本近子跟父亲的交往似乎并不深入，也没能持久。但在父亲生前，近子仍常常出入他们家，不仅茶会的时候，即使有普通的客人也会来厨房帮忙。

这样一个男性化的近子，菊治的母亲如果再去嫉妒她，未免滑稽，让人感到好笑。无疑，母亲后来肯定也能猜到父亲见过她的黑痣，只是时过境迁，再提已经不合时宜。再说，近子也似乎全然忘怀了过往，成了母亲的左膀右臂。

随着时间流逝，菊治本人也越来越随意起来，由着性子对待她。这样一来，童年时那种令人窒息的憎恶似乎显得淡薄了。

近子变得男性化，成为家里的得力帮手，也许正是她的生存之道。

依靠着菊治家，她作为茶道师傅取得了小小的成功。

父亲死后，菊治想到她在那转瞬即逝的情事以后，便压抑了自己女人的天性，甚至对她感到些微的同情。

菊治母亲对她没有多大敌意，也是由于太田夫人的缘故。

太田先生生前是菊治父亲的茶友。他死后，父亲负责为他处置遗留的茶具，跟未亡人太田夫人亲近起来。

近子立马将此事报告给了母亲。

她理所当然成了母亲的同盟，只是未免过于热心了。她到处跟踪父亲，还上门去指责太田夫人，简直就像她自己内心压抑的妒火爆发出来了一样。

内向、安静的母亲，让她这种大肆张扬的架势吓到了，老是担心外人会怎么想。

近子甚至在菊治面前也会斥骂太田夫人,母亲面露不悦,近子就说让菊治听听也没什么坏处。

"就在前不久,我过去数落她,有个孩子在隔壁,什么都听到了。我听见墙那边好像有抽泣声……"

"一个女孩?"

"对,听说十二岁了。太田这个女人实在不咋样,我还以为她会因为那孩子偷听大人说话骂她几句,可是她却起身带她进来,抱着她跪坐在那里,跟她一起在那儿哭呢。"

"你不觉得那孩子太可怜吗?"

"正因为这样,我们才要用孩子来对付她。那倒是个蛮可爱的孩子,长了张小圆脸。"

近子敲了敲菊治:"菊治少爷你也可以跟你爸爸讲一讲。"

"你别到处挑唆了。"就连母亲也忍不住抗议了。

"太太就是喜欢把怨气都积攒在心里,这样多难受啊。就该一股劲儿把怨气发泄出来。你看看你现在多瘦了,可那位却长得白白胖胖的。虽说脑子没那么灵光,可她觉得只要自己凄凄惨惨地哭上一场,别人就能谅解她一样。再说了,就在她接待老爷的那件客厅里,还挂着太田先生的遗像呢。老爷见了,竟然跟没啥事似的……"

她把太田夫人说得如此不堪,可太田夫人居然还会带着女儿来参加她主持的茶会。

菊治打了个冷战。

近子说她没有邀请太田夫人,可看上去她们在父亲去世后一直有交往,这实在令人吃惊。而且太田夫人的女儿大概还在跟近子学茶道。

"要是你觉得不自在,我可以请她离开这里。"近子看着他的脸。

"我是无所谓,当然,要是她想走的话……"

"她要是能这么替别人着想,也就不会让你爸妈这么不痛快了。"

"她的女儿也跟着来了?"菊治从未见过这位小姐。

菊治觉得在太田夫人面前,跟那位拿着千只鹤包袱的姑娘见面不合适,而且还当着太田夫人的女儿,这更让他难堪。

可是,近子的话在他耳朵里嗡嗡响,让他心绪不宁。

"就这样吧,她已经知道我在这里了,现在也没法一走了之。"

他从靠近壁龛的拉门进了茶室,在门口的上座坐下。

近子紧跟在后面:"这就是三谷少爷,三谷先生的公子。"

她一本正经地将他介绍给大家。

菊治再次施礼,抬起头时,看清楚了各位小姐。

刚开始由于局促不安,他只看到一片色彩缤纷的和服的波浪,没法区分她们。现在,他发现太田夫人正对着他。

"哟,是菊治啊!"太田夫人的声音整个屋子的人都能听见,语调明显是亲切的。

"好久没见,真是久违啦!"她轻轻拉了一下女儿的衣袖催促她跟菊治打招呼。太田小姐低下头,脸红了。

菊治实在觉得意外。在她的态度里,察觉不到一丝一毫的敌意或恶感,反而只有脉脉温情,由衷地为这次不期然的见面而喜悦,乃至于在大庭广众之下显得有点失态。

女儿一直低着头。

太田夫人终于也意识到了自己的失态,脸红了。不过她还是望着菊治,似乎要冲到他面前,跟他好好聊聊一样。

"这么说你在学习茶道?"

"不,我从来没学过。"

"真的?府上可是茶道世家啊!"她似乎很是伤感,眼睛湿润起来。

菊治自从父亲的葬礼后就再没见过她。四年里,她基本没有变。

她有着一如往昔的细长脖颈,还有那跟脖颈有点不相称的圆润的肩膀,身形显得很年轻。跟眼睛相比,嘴和鼻子都小巧玲珑。娇小的鼻子仔细看去很是可爱。她说话的时候,下唇微微突出,就像是噘嘴一样。

女儿继承了母亲的细长脖颈和圆润肩膀。她的嘴更大些,紧闭着。跟女儿相比,母亲的嘴小得有点可笑。

女儿的眼睛更黑,似乎蒙着一丝忧伤。

近子瞧着炉火说:"稻村小姐,给三谷先生敬上一碗茶吧。你还没有点茶吧?"

拿着千只鹤包袱的小姐站起身来。

菊治已经注意到她坐在太田夫人身边。不过他在见到太田母女后,尽量避免望向她那一边。

近子让她点茶,肯定是让他好好端详一下她吧。

她在茶釜跟前坐定,转向近子问:"我该用哪只茶碗呢?"

"我来看看,就用那只织部[1]瓷碗吧。这是三谷先生的父亲生前很喜欢的一只碗,他把它送给了我。"

看到近子放在稻村小姐面前的茶碗,菊治想起来了,这茶碗确实属于父亲,恐怕是从太田的遗孀那里接手来的。

太田夫人在这个茶会上看到这个曾被已故的丈夫所珍爱的茶碗,由菊治的父亲转让给了近子,不知会是什么心情呢?

菊治为近子的麻木不仁感到震惊。

但说到麻木不仁,太田夫人又何尝不是呢。

与中年女人混乱的情感纠葛相比,此时此地为他点茶的稻村小姐实在纯美。

三

对于近子想让菊治好好看看她的图谋,拿千只鹤包袱的小姐毫不知情。她点茶时毫无扭捏羞涩之态,亲自将茶碗端到菊治面前。

---

[1] 织部:即古田重然(1544年—1615年),古田重然是继千利休之后第一茶人。利休指导建造的乐窑生产出的茶碗,一般都形状匀整,表面光滑,色彩单一,体现了谦和、内向的风格。而织部指导修建的织部窑生产出的茶碗,却歪斜不一,表面疙疙瘩瘩,人称"鞋型碗",而且数色并用,组成大胆奔放的图案。

菊治喝了茶，看了下茶碗。黑色的织部茶碗，正面的白釉上有黑色的嫩蕨菜的纹样。

"肯定还记得它吧？"近子问他。

"唔。"菊治不置可否地应了一声，放下了茶碗。

"这个嫩蕨菜芽，很有山村风味，早春时节用最适宜。当年令尊也用过。现在拿出来用，时令稍稍迟了一点，不过给菊治少爷用正合适。"

"哪里，先父虽说暂时用过它，可对这个茶碗来说算得了什么呢。它从桃山时代的利休起，由历代很多茶人珍重传承至今，已经有几百年的历史了。先父跟它的这点因缘，根本算不了什么。"菊治讲了这番话，想尽量冲淡父亲跟茶碗的关系。

这只茶碗由太田传给遗孀，由遗孀交给菊治的父亲，父亲又传给近子，而太田与菊治的父亲这两个男人都已仙逝，此时在这里的却是她们这两个女人。这茶碗的命运也是不可思议。

如今，这旧茶碗又得以碰触太田夫人、太田小姐、近子、稻村小姐还有别的小姐的双唇，被她们的双手抚摸。

"我也用这个茶碗喝一次茶吧。刚才给我用的是另一只茶碗。"太田夫人不无唐突地说。

菊治大感意外：她是太蠢，还是太无耻呢？

太田小姐一直低着头，菊治觉得她好可怜。

稻村小姐又为太田夫人点茶。虽说在座的人都望向那边，但这位小姐大概并不知道这织部茶碗的来历，只是按照程式一板一眼地点茶。

她的手法朴质明快，无可挑剔，从上身到膝部，姿态端庄，显示出高雅的修养。

小姐身后的纸拉门上映出嫩叶的影子。华美和服的长袖和肩部反射着柔光，她的头发也熠熠生辉。

对于一间茶室而言，这里的光线委实太强了，但少女的青春之美却因此得以闪耀。红色的茶巾与少女也很相称，绝无俗气，只给人润泽之感，就如少女的手上盛开的鲜花一般。

少女的周围,似有上千只小鹤在飞舞。

太田夫人捧着那只织部茶碗,说:"这黑色碗中衬着这绿色的茶,真如春天的萌芽啊。"不过,她并未提及这只碗本来属于她的丈夫。

接下来是惯例的茶具展示。小姐们对这些茶具不太熟悉,只能听近子的解说。

水罐与茶勺都是菊治父亲的遗物,不过近子和菊治都没有提及此事。

菊治望着小姐们纷纷散去,坐了下来,太田夫人便凑近过来。

"刚才实在失礼了,我想你可能生气了。不过我一看到你,过去的一幕幕就浮现在眼前……"

"哦。"

"你现在也是一表人才了。"夫人的眼泪涌了上来,"我也听说了,你的母亲……我本来想去参加葬礼的,可是没能去成。"

菊治面露不悦之色。

"先是父亲,然后又是母亲……你肯定觉得很寂寞吧。"

"唔。"

"还不回家吗?"

"哦,等等就回去了。"

"什么时候我们好好谈谈,我有很多话想跟你说说。"

隔壁的近子在叫他:"菊治少爷!"

太田夫人意犹未尽地站起身。小姐已在院子里等着她。

母女二人向菊治点点头离去了。看小姐的眼神,她似乎想说些什么。

隔壁,近子正在与两三个弟子和女仆收拾东西。

"太田夫人又跟你讲了什么?"

"没讲什么特别的……什么都没说。"

"对那个人你可得多加小心。她总是装作老实柔弱的样子,好像对谁都无害一样,可谁都不知道她心里到底想什么。"

"不过,她经常来你的茶会是吧?从什么时候开始的呢?"菊治略带讥讽地说。

为了摆脱这里恶毒的气息，他出去了。

近子跟了上来。

"怎么样？很不错的一位小姐吧？"

"是很不错。不过，如果在另外一个地方和她见面，没有你、太田夫人和先父的亡灵，那就更好了。"

"你在意这个干吗？太田夫人什么的，与那位小姐毫无关系嘛。"

"我只是觉得这对那位小姐不好。"

"哪里不好了？要是今天太田夫人在这里让你不痛快，我跟你道歉。可是我确实没有邀请她来。你还是得把稻村小姐的事跟这个分开来考虑。"

"今天先这样吧，告辞了。"菊治停下脚步说。如果总这样边走边说话，是摆脱不了近子的。

菊治现在是一个人了。他见到山脚下的杜鹃花结满了花苞，深吸了一口气。

他对自己被近子一封信引诱到这里深感厌恶，不过拿着千只鹤包袱的小姐留给他的印象是清丽鲜明的。

也许正因为她，父亲的这两个女人才没有让他那么的不愉快。

可是一想到这两个女人在这里谈论他的父亲，他的母亲却已经去世了，他就感到怒不可遏。那块黑痣又浮现在眼前。

黄昏的微风拂过新叶，他把帽子拿在手上，慢慢走着。

他远远望见太田夫人在山门背后等着，他一时想找条路避开，看了看四周。如果从左右两边登上小山，就可以不从大门离开寺院。

不过，他还是径直朝山门走去，脸色阴沉。

太田夫人一看见菊治，就向他走来。脸上泛着红晕。

"我想再见见你，所以在这里等着你。可能你会觉得我太厚脸皮了，可是我还是想跟你再说几句话……这次一分开，就不知道什么时候能再见面了。"

"小姐呢？"

"文子先回去了，跟她朋友在一起。"

"小姐知道你在这里等我吗？"菊治问。

"嗯。"夫人回答道，看着菊治的脸。

"这么说，小姐并没有讨厌我？刚才在茶会上，她像是不愿见到我的样子，很是遗憾。"

他的话乍听上去委婉，实则露骨，然而太田夫人却坦率地回答道："那个孩子看到你，肯定觉得很难过。"

"我父亲大概给小姐带来了很多痛苦吧。"

菊治想说的其实是：就如太田夫人给他带来了很多痛苦一样。

"并没有。你父亲一直很疼爱她，改天我再仔细地跟你讲讲。那个孩子一开始是不亲近你父亲的，不管你父亲对她怎么好。不过，在战争快结束时，空袭越来越猛烈。不知她感觉到了什么，态度完全变了。她开始尽心尽力地对你父亲好。当然，她只是个孩子，也只能尽量去外面给他买个鸡啊，弄个菜啊什么的，哪怕空袭的时候，她也不顾危险，出去买了回来做。有次空袭时，她还从很远的地方运米来……她突然对你父亲这么好，你父亲也很吃惊。我看到这孩子这样的变化，很受触动，很难受，就像受到了责备一样。"

菊治这才第一次想到，也许母亲和自己都受过太田小姐的恩惠。那个时候，父亲不时会带回来一些礼物，是太田小姐买来的吗？

"女儿为什么突然变成这样，我不是很明白，也许是每天都在想，自己不知什么时候就会死于非命吧。她觉得我可怜，所以才尽心尽力替我和你父亲做事。"

在注定战败的混乱局面中，文子清楚意识到了母亲是多么拼命想抓住与菊治父亲的爱。日复一日的严酷现实让她放下了对先父的回忆，而只关注母亲当下的生活。

"刚才你注意到文子戴的指环了吗？"

"没有。"

"那是你父亲给她的。你父亲虽然会到我这儿来，可防空警报一响，总是要回家。每次文子都会去送他,劝她也不听。她说,他一个人在路上,万一出什么事呢。有一次,她送你父亲回家,但当天没回来,也不知是在府上住下了,还是在路上两个人都炸死了。到了第二天早上她才回来,说她把你父亲一直送到家门口,回来的路上在某处防空壕一直待到天亮。下一次你父亲来的时候就给了她这个指环,说是谢谢她送自己回家。我觉得她肯定是害羞,怕你看见这个指环。"

菊治听着这些,觉得很不自在。奇怪的是,对方好像认为讲这些就能勾起自己的同情。

然而,他对太田夫人还不至于有厌恶和警戒的心理。她有一种让人自然而然地感到温暖、放松的气质。

太田小姐对他的父亲突然亲近起来,也许是看到母亲这个样子,再也不能忍心了吧。

菊治觉得夫人表面是在讲小姐的事,其实是讲自己的爱。

夫人有千言万语要倾诉,然而,极端而言,她似乎分不清自己倾诉的对象是菊治的父亲还是菊治本人。她那种格外亲昵的态度,似乎把菊治当成了他父亲。

此前菊治与母亲共同抱有的对太田夫人的敌意,不能说完全消失,至少是大大减弱了。一不小心,他甚至会觉得自己就是被这个女人爱着的父亲,乃至陷入很久以前自己就跟这个女人亲近的错觉。

父亲很快就跟近子分手了,但与这个女人的关系一直到死都保持着。菊治想,近子肯定会欺侮太田夫人。他也察觉到自己内心有种残忍的念头,想要随便捉弄一下她。

"你经常来栗本的茶会吗?她以前不是老责骂你吗?还没有受够?"

"嗯。自从你父亲过世后,她写信邀请我来。我因为想念你的父亲,觉得很寂寞,就来了。"夫人低下头。

"小姐也一起去吗?"

"文子是为了给我做伴。"

他们越过铁道,经过北镰仓车站,走向圆觉寺对面的山。

四

太田的遗孀至少有四十五岁了,比菊治大了将近二十岁。但菊治却仿佛忘记了她比自己年长,只感觉自己所拥抱的是个比自己小的女子。

得益于夫人的经验,经验尚浅的菊治一点都没有缩手缩脚,也体味到了那份愉悦。

菊治感觉自己是第一次懂得女人,也第一次懂得了作为男人的自己。他惊讶于这男子的觉醒。他从未想过女人可以如此柔顺地接受他,一面应和、跟随,同时又诱使他,继续接受他,又把他包裹在自己温暖的气息中。

作为单身者,菊治常常在事后感到厌恶。然而这次,厌恶感本该最为强烈,他却只感到一种甜蜜的安谧。

以往,他在事后总想粗鲁地甩手就走,但今天却第一次感到有人偎依在身边的亲密,心甘情愿陶醉于其中。此前他从不知道女人的浪潮会如此一波接着一波澎湃而来。在浪潮的间歇中,他如同一个胜利的征服者打着瞌睡、让奴隶给他洗脚那样惬意。

此外,还能感受到一种母性之感。

"栗本这里有一大块黑痣,你知道吗?"菊治缩着脖子说。他提起这个话题,自己也觉得不合时宜,也许是过于放松的缘故。不过,他并没有觉得这样对近子有什么不好。

"就在这里,乳房上,像这样一个。"他伸出手去。

他内心有种痒痒的东西往上涌,促使他说了这句话。他像是要跟自己作对,又像是要伤害对方,或许这只是想要看看她身体的甜蜜的羞涩。

"好讨厌!"她轻轻合上衣领,似乎没有完全领会他的意思,从容地说:"我还是头一次听说这事。穿着衣服,又怎么能看到呢?"

"我看到了。"

"你怎么能看到呢?"

"长在这儿,不就能看见吗?"

"你真讨厌,就是想看看我是不是也有黑痣,对吗?"

"不是。我只是想,如果你也有黑痣的话,这种时候会是什么心情呢?"

"长在这里?"太田夫人看了看自己的乳房,满不在乎地说:"为什么要提起这个呢?这对你有什么要紧的?"

菊治所释放的怨毒,对夫人没有起效。可是,这让他更来劲儿了。

"这对我的确很要紧啊。我只在八九岁的时候看过它一次,到现在它还浮现在我眼前。"

"为什么?"

"因为你也在那块黑痣的诅咒下啊。栗本不是曾经以妈妈和我的名义去找你算账吗?"

太田夫人点点头,想要抽身而出。菊治用力抱紧了她。

"我想,她大概很在意这块黑痣,所以心肠才越来越坏。"

"你这想法真可怕。"

"也许她是想报复父亲。"

"为什么?"

"她因为这块黑痣而抬不起头来,以为父亲也是因为这个抛弃她的。"

"别再谈痣不痣的事儿了?"她看上去不愿去想象这块黑痣,"现在栗本早已不再为它烦恼了吧。那种忧虑也是过去的事了。"

"忧虑过去了,不会留下痕迹吗?"

"过去了的事,还真让人怀念呢。"说起这话,夫人仿佛在梦中一般。

接着,菊治说起了本来无论如何都不想说的话。

"你记得下午坐在你左边的小姐吗?"

"记得啊,叫雪子,稻村家的小姐。"

"栗本今天邀请我来,是为了让我看看她。"

"啊?"她眼睛睁得大大的,一眨不眨地盯着他,"是相亲,对不对?我一点都没猜到。"

"不算是相亲吧。"

"就是相亲嘛。在你相亲回来的路上……"一行泪水从她的眼角流到枕头上,她的肩膀在颤抖:"真是不应该啊,真是大错特错!你怎么不早告诉我呢?"

她把脸埋在枕头里。

菊治没有想到她会这样。

"不管是不是相亲回来的路上,错就错了吧,我没看出这两者有什么关系。"他这么说,也确实是这么想的。

只是,茶炉前稻村小姐点茶的形象又浮现在他眼前。他又看到了千只鹤的粉色包袱。

哭泣的女人,身体也显得丑陋了。

"啊,这样实在不应该啊。我怎么会做出这种事来呢?我这是造孽啊。"她整个肩膀都在发抖。

如果说菊治后悔这次邂逅,他肯定会有厌恶之感。暂且不论是不是在相亲回去的路上,她毕竟是父亲的女人。

然而,直到此刻,他既没有悔恨,也没有觉得厌恶。

他也不清楚这事是如何发生的。一切都那么自然而然。也许她是在为引诱了他而道歉,可是她也许没打算要引诱他,而菊治也没感觉自己是被引诱了。无论他还是女人,都没有抗拒。也可以说,两人对此都没有什么道德上的顾虑。

他们去了圆觉寺对面山上的旅馆,一块吃了晚饭。她一直在谈论菊治的父亲,还没有说完。菊治也并不是必须要听,况且,老老实实地一直听她说这个,也有些滑稽。然而太田夫人并没有觉得这有哪里不对,只是满怀对过去的依恋,一味倾诉。而菊治听着她的话语,包裹在她的柔情蜜意中,感觉很安适。

他的父亲曾经感受过的幸福,他此刻也感受到了。

如果说是错,就错在这里。送她走的时机已经过去了,菊治沉浸在甘美的恬适中,投降了。

可是也许在他内心深处还留着阴影，因此他才会像吐出毒素似的说起了近子和稻村小姐。

这毒太有效了。一旦后悔起来，就觉得丑陋无比。对于自己故意想说些残忍的话这一点，菊治感到厌恶起来。

"这事不如忘了吧。没什么。这根本不算什么事。"

"你是想起我父亲来了吧。"

"什么？"她诧异地抬头看他。她因为伏枕而哭，眼皮红肿了，眼白有点模糊，大大的眼眸里能看出倦怠。

"你要是这样说，我就无话可说了。我是个可怜的女人。"

"别瞎说。"菊治粗暴地把她的和服拉开，"如果有一个黑痣，就不会忘记，印象会深深地……"他被自己的话吓到了。

"别那么盯着我看，我已经不再年轻了。"

菊治就像要咬她似的露出牙齿，贴过去。

之前的浪潮又澎湃而来，女人的浪潮。

他安心地睡了。

半睡半醒之间，他听到了啁啾鸟声。他感觉像是第一次被鸟声唤醒。

如同晨雾润湿了绿树，菊治的脑子被洗净了，他什么都没有想。

夫人背对他而睡，不知何时又转过身来。他觉得有些好笑，用胳膊肘支起身子，在半明半暗中凝望着她的脸。

五

大约半个月后，太田小姐来拜访菊治。

他让女仆把她领进客厅。为了让自己狂跳的心镇静下来，他自己去打开茶点柜，拿了些点心出来。小姐是自己来的呢，还是母亲跟她一起来了，却等在外面不好意思进来？

他开了客厅门，小姐从椅子上站起来。她低着头，菊治看到她稍稍噘起的下唇紧紧闭着。

"让您久等了。"菊治从小姐身后走过去,打开通往院子的玻璃门。经过她身后时,他闻到了花瓶里白牡丹的暗香。她圆润的肩膀微微前倾。

"请坐。"说着,菊治先坐到了椅子上。看到小姐与她母亲的相似之处,他不知何故镇定了下来。

"冒昧上门,失礼了。"她仍然低着头。

"哪里,哪里。你挺熟悉这里的路嘛。"

"嗯。"她点点头。

菊治想起在圆觉寺太田夫人讲过的她曾经把父亲一直送到家门口的事。

他正要提起这件事,又克制住了自己,看了看小姐。

太田夫人的温暖像热水一样涌了上来。想起夫人对一切都那么温柔、宽恕,他有一种安心感。

由于这种安心感,他对小姐的警戒心放松了。不过,菊治还是没法正眼看她。

"我……"她欲言又止,抬头看了他一眼。

"我有个请求,是关于家母的。"

菊治屏住呼吸。

"我想请您原谅她。"

"原谅她?"菊治感觉太田夫人已经把和他的事向女儿坦白。

"真正该要求原谅的,应该是我吧。"

"她跟令尊的事,也请求您原谅。"

"说到先父,也是他才应该要求原谅啊。无论如何,家母已经不在人世,哪怕要原谅,谁又来原谅呢?"

"都是母亲的错,才让令尊过早离世,令堂也是因为……我对家母也是这么说的。"

"你真是太过虑了。令堂也很可怜。"

"要是家母先死就好了!"她说,似乎这种羞耻让她无地自容。

菊治明白她是在暗示自己与她母亲的关系。这让她何等受伤害、何等耻辱啊!

"请求您原谅她。"小姐再次说,她急切地请求着。

"这不是原谅不原谅的问题。"菊治断然说,"我感谢她。"

"她不好,她是个坏人。您不要再跟她牵扯了,别再理她了。"她声音颤抖,急速地说着,"求求您了。"

菊治明白了她说的原谅是什么意思,里面实则包含了请他不要再跟太田夫人牵扯的请求。

"请不要再给她打电话了。"小姐说这话时脸红了。像是为了竭力克制自己的羞涩,她抬起头直视着他。睁得大大的黑色眸子里,没有任何恶意,只是在拼命地祈求。

"我明白,"菊治说,"我很抱歉。"

"求求您了。"她的羞涩更深了,就连细长的白色脖颈都变红了。洋服领子上方有一件白色饰品,让她的脖颈显得更美了。

"她在电话里答应了您,但没有赴约。是我阻拦她去的。她怎么都要去,我抱住她,就是不让她走。"小姐的口气和缓下来。

菊治给太田夫人打电话,是在他们见面后的第三天。电话里她像是喜不自胜,可她并没有来约好的咖啡馆。

菊治只是打了这次电话,之后他再也没见过太田夫人。

"后来我也觉得她可怜,可在那时候只是觉得可耻,一味地阻拦她出去。她跟我说,'文子,那么你来回绝对方吧。'可是我走到电话旁边时,却什么都说不出来。妈妈望着电话,眼泪哗哗地往下流,就好像三谷先生就在电话机前面一样。她就是这样的人。"

两人沉默了一阵子。然后菊治说:"在栗本的茶会以后,为什么你要先回去,让她在那里等我呢?"

"我想让您了解,她不像您想象的那么坏。"

"她一点都不坏。"

小姐垂下眼帘。他望着她小巧玲珑的鼻子下面的小嘴和突出的下唇。柔美的圆脸很像她母亲。

"以前我知道太田夫人有个女儿的时候，很希望能跟她谈一下我父亲。"

她点点头："我也这样想过。"

菊治想：如果自己跟太田夫人什么事都没有发生，就可以跟小姐畅所欲言地谈一谈父亲了，那该多好啊。

可正因为和太田夫人有了这层关系，他才会真心原谅她，同时也原谅了她和自己父亲的事。这不是很奇怪吗？

小姐大概觉得自己待得太久了，匆忙站起身来。

菊治送她到门口。

"真希望有机会能好好聊聊家父的事，也谈谈你母亲的美好品性，那该多好啊。"

这话虽说是信口说说，但他确实真心实意地这么认为。

"可是，您很快就要结婚了。"

"我要结婚了？"

"对，妈妈这么说的。她说那天您是去跟稻村雪子小姐去相亲。"

"不是的。"

门外是一段下坡路，在半山坡处有个拐弯。从那里回头看，可以见到菊治家院子里的树梢。

千只鹤小姐的芳容又浮现在菊治脑海。文子停下脚步跟他告别。

菊治往回走上坡道。

林中夕阳

一

近子打电话给还在公司的菊治。

"今天直接回家吗?"

菊治自然是要回家的,不过他皱起了眉头。

"唔……"

"你直接回家吧,今天可是令尊每年例行茶会的日子。一想到这个,我就坐立不安。"

菊治没吭声。

"我在打扫茶室……喂,喂!我打扫茶室的时候,忽然想起要做几道菜……"

"你是在哪儿啊?"

"在你家啊。我在你家。不好意思——我该早说一声的。"

菊治吃了一惊。

"我坐立不安啊。我想,要是能去打扫打扫茶室,我会感觉安定些。我知道应该先打电话跟你说一声,可你肯定会拒绝我的。"

父亲去世后,茶室就再也没用过。

母亲生前会时不时去茶室坐一坐。但她不会在炉子里生火,而是带一壶热水过去。菊治不大愿意母亲去茶室。那里凄凄凉凉的,不知她会想起什么,这让他很担心。

他有时想去茶室看看母亲,但到最后也没有去。

母亲死后,茶室就关闭了。从父亲生前就在家里干活的一个老女仆一年会给房间通几次风。

"这里有多久没打扫了?这榻榻米不管我怎么擦洗,都有股霉味儿。"

她越说越放肆起来,"我打扫着打扫着,就想做几道菜。一时心血来潮,材料也不全,不过也稍稍弄了点。你马上回家啊。"

"你也太……"

"你一个人的话太冷清,你从公司叫几个人来吧。"

"不可能。他们没人懂茶道。"

"不懂就更好了。准备得很草率,就请他们尽管放心来吧。"

"不可能。"菊治斩钉截铁地拒绝了。

"那可太扫兴了,我们该请谁来呢?请几个令尊的茶友?这个时候怎么好去请呢。我叫稻村小姐过来怎么样?"

"别开玩笑了,算了吧。"

"为什么不能叫她?她对你很中意的,你可以再好好看看她,好好聊一聊。我这就叫她。如果她愿意来,就表示她这边十有八九是成了。"

"这样子好讨厌,"菊治心里异常烦闷,"我不会回家的。"

"这种事在电话里可说不清,等以后再谈吧。反正就是这档子事,你马上回家吧。"

"什么'这档子事',我不知道你在说什么。"

"好了好了,就算我多管闲事行了吧。"

近子虽这么说,但她强人所难的气势还是从电话那头传了过来。

那覆盖了半个乳房的黑痣又浮现在眼前。

他像是听到了近子拿着扫帚清扫茶室的声音,如同在清扫他的脑袋,而她擦洗榻榻米的抹布也像是在擦洗他的脑壳。

虽说感到厌恶,可是她居然不打声招呼,就趁他不在家擅自闯入,还做起菜来,实在是一件咄咄怪事。

如果她只是为了纪念父亲,打扫一下茶室,插几朵鲜花,那还情有可原。

在他满心嫌恶、怒火中烧之际，稻村小姐的倩影犹如一束光闪过心头。

父亲去世后，他就与近子自然而然疏远了。她是不是想利用稻村小姐做诱饵，跟他再次纠缠在一起呢？

近子在电话里还是像平常那样语调滑稽可笑，让人没有戒心，但同时又带着股步步紧逼的气势。

菊治想：之所以对方对自己步步紧逼，那是因为自己有弱点的缘故。既然自己因为弱点而心虚，那么对于近子擅自打来电话就不该动怒。

近子是不是因为抓住了自己的弱点才得寸进尺的呢？

公司下班后，菊治去了银座的一家小酒吧。

他只能听从近子的话回家去，可是背负着自己的弱点让他觉得苦闷无比。

自己在圆觉寺的茶会归途中意外地与太田的遗孀在北镰仓的旅馆过了一夜的事，近子不大可能知道。难道说她在事后见过太田夫人？

电话里那种强人所难的口气，似乎不仅仅是通常的厚脸皮。

当然，也许她只是按照她自己的方式来推进他与稻村小姐的亲事。

菊治在酒吧里心神不宁，就乘上电车回家了。

电车经过有乐町驶向东京站，他透过车窗俯视着两边树木耸立的街道。

这是条东西大道，与电车线路成直角。夕阳的余晖倾泻在上面，街道像金属片一样闪亮。沐浴着夕阳余晖的树木从背面看去是一片幽暗的墨绿，树荫清凉，树枝舒展，树叶茂密。两旁是一栋栋坚固的洋房。

街上的人稀稀落落，一直到皇宫护城河那里都是冷清而空旷。明晃晃的车道也异常安静。

从拥挤的电车上俯视，仿佛只有这条车道漂浮在黄昏这个奇妙的时刻，有种异国之感。

他似乎看见稻村小姐正抱着千只鹤的粉色绉绸包袱走在树荫下。那千只鹤的包袱尤其分明。

这让他感觉新鲜、洁净。

也许就在此刻,少女已经到他家里了吧,想到这儿,他慌乱不安起来。

只是,近子一开始让他带同事来,等他拒绝后,又提议叫稻村小姐来,她究竟打的什么主意呢?她是不是一开始就打算叫稻村小姐来呢?菊治弄不清楚。

回到家,近子匆忙来到门前:"你一个人?"

菊治点点头。

"这样更好,她来了。"

近子走上前接过他的帽子和皮包。

"你在回家路上又拐到别处去了,我能看出来。"

菊治想是不是自己身上还带着酒气。

"你去哪里了?我又给你公司打了次电话,说你已经走了。我还算了算你回家要多久。"

"我让你惊到了。"

对于自己不请自来,擅自操办,近子根本没吱声。

她跟他进了房间,想要帮他换上女仆准备好的和服。

"不用你麻烦了,我自己就成。"菊治脱下上衣,进了更衣室。

出来的时候,近子还坐在那儿。

"单身汉的生活,了不得啊!"

"就那么回事吧。"

"这种生活还是趁早结束的好。"

"看看父亲的例子,我算是引以为戒了。"

近子瞥了菊治一眼。

她从女仆那儿借了件罩衣穿在身上,袖子挽了上去。这件罩衣本来是菊治母亲的。

她胳膊胖乎乎的,白得有些失调,胳膊肘内侧青筋暴起,肉显得又硬又厚,让菊治颇感意外。

"我觉得最好在茶室那儿会面。"她端起一副一本正经的神气,"我现在让她在客厅那里等着。"

"那儿有电灯吗?我记得那里是没有灯的。"

"可以点上蜡烛用餐啊,这样更有情趣。"

"我可不喜欢这样。"

近子像是忽然记起什么事似的又说:"我跟稻村小姐打电话时,她问我是不是要她妈妈一起过来。我说:要是你们俩都过来那就更好了。不过她妈妈因为有别的事来不了,就商定小姐一个人来。"

"说什么'商定',还不是你一个人做主。你不觉得这么突然把人叫过来很是失礼吗?"

"这个我懂。不过既然她来了,我的失礼也就算抵消了。"

"为什么?"

"你想啊,她来了,就意味着她对这门亲事有意。哪怕我行事不太合规,那我也算是得到了谅解。等到万事大吉,你们俩愿意怎么取笑我栗本办事古怪都成。总之,能办成的事儿,终归会成的,这是我的经验。"

近子一副自命不凡的样子,好像已经摸透了菊治的心思一样。

"你跟她都说了?"

"都说了。"她的言外之意是:请你态度明确一点。

菊治经过檐廊,走向客厅。走到那棵大石榴树旁,他竭力控制了一下脸上的表情。他不能在接待稻村小姐时面露不悦。

望着石榴树的浓密树荫,近子的黑痣又浮现在眼前。他摇摇头。夕阳的余晖落在客厅院子前面的庭石上。

客厅的纸拉门开着,小姐坐在靠近门口的地方。

宽敞昏暗的客厅深处似乎也被少女的光芒照亮了。

壁龛的水盘里插着菖蒲。

少女的和服腰带上绘有菖兰。大约是巧合吧,不过菖兰正好是这个季节的应景的花,也非偶然。

壁龛里的花并非菖兰而是菖蒲,花和叶都插得高高的。看那样子,显然是近子刚刚插上去的。

二

次日周日，是个下雨天。

午后，菊治一个人进了茶室，好收拾昨天用过的茶具，也是为了搜寻稻村小姐留下的余香。

他让女仆拿伞过来。他从客厅出来，踩在庭院的踏脚石上。屋檐上的落水管破了，雨水哗哗哗落在石榴树前。

"那里该修修了。"菊治对女仆说。

"是啊。"

他想起自己很早以来就惦记着这事。每当雨夜卧床时，就会听见这里的落雨声。

"不过，要修的话，修了这里又要修那里，那就没完没了了。还不如趁着坏得不厉害，把这房子卖了更好些。"

"最近家里有大房子的都喜欢这么说。昨天那位小姐看到房子这么大，也吃了一惊呢。看这样子，那位小姐以后是要住进这里了。"

女仆这么说，意思是：别卖房子了。

"是栗本师傅这么说吗？"

"嗯，小姐一过来，她就领着她到处转悠着看了一圈。"

"啊？真没想到……"

昨天，小姐没有跟菊治提及此事。

菊治以为小姐只是从客厅来到了茶室，因此今天自己也想从客厅到茶室走一趟。

昨夜，他通宵未眠。

一想到茶室中还残留着小姐的芳泽，他简直想半夜爬起来去茶室。

"她将永远是可望而不可即之人！"他大概认为，如此认定以后自己就能睡过去。

小姐会让近子领着自己在这个家里到处转悠着看，这对于菊治来说颇感意外。

他吩咐女仆带些炭火过来,便踩着踏脚石来到茶室。

昨晚,近子要回北镰仓,就跟稻村小姐一起离开了,之后是女仆收拾了东西。

茶具放在茶室角落里,菊治只要再归整一下即可,不过他不太清楚它们原来都放在什么地方。

"栗本反倒比我更清楚这些事儿。"他嘴里嘟囔着,望着壁龛里的歌仙画像。

这是宗达[1]的一幅小品,薄墨线描,淡彩上色。

"这是画的哪位歌仙呢?"

昨天,小姐这么问了一句。菊治答不上来。

"这是谁?没有题和歌,我也不太懂。像这样的歌仙画上的人都看起来差不多。"

"这是源宗于[2]啊。"近子在旁边插嘴说,"和歌是:'常磐松常绿,春来分外新。'按季节,这时候挂出来有点晚了。不过令尊很喜欢这幅画,春天时常挂出来。"

"只看画,到底是源宗于还是纪贯之[3],还真是分不清楚啊。"菊治又说了一句。

即便是今天再看,还是完全看不出这大气的人物是谁。

虽是略略几笔的小画,却给人宏大之感。久久凝视后,能闻到一股清香之气。

由这幅歌仙画像,以及昨天客厅里的插画,菊治都会想到稻村小姐。

"我想等水烧开,所以来晚了。我觉着让水多沸一会儿更好。"女仆

---

[1] 宗达:江户初期画家,生卒年不详,擅长水墨画。他以独特的意匠,洗练而单纯的色彩,使障壁画极富装饰趣味。他的画风由尾形光琳承袭、发展,形成了日本绘画史上有影响的宗达光琳派。

[2] 源宗于(?—939年):平安时期三十六歌仙之一,光孝天皇之孙。

[3] 纪贯之(?—945年):平安时期三十六歌仙之一,撰有《古今和歌集》。

带来了炭火和茶釜。

因为茶室潮湿,菊治想用炭火烤烤,没想过要烹茶。

可是,菊治一说要炭火,女仆就机灵地以为他要喝茶,因此烧了开水。

菊治心不在焉地加了炭火,坐上了茶釜。

他自幼陪伴父亲,在茶席上耳濡目染,对茶道的规矩很熟悉,可是自己却没有点茶的兴趣。父亲也没有勉强他学习。

现在水开了,菊治也只是把盖子错开一点儿,坐在那儿发呆。

屋里有一股霉味,榻榻米也潮潮的。

素雅的墙壁,昨天曾映衬出小姐的芳容,现在则幽暗无光。

菊治感觉这种气氛就如住在洋房里却穿着和服一样。

"栗本这样唐突地把你叫来,让你为难了吧?来茶室招待你,也都是栗本擅作主张。"

"师傅说,这是令尊每年例行举办茶会的日子。"

"这倒是,我把这个完全忘了,根本没想到。"

"在这样的日子,师傅让我这么一个什么都不懂的新手过来,简直就像挖苦人呢。最近我都疏于练习了。"

"栗本也是今早突然想起来,急急慌慌来打扫茶室的。所以还有股霉味。"

他又含含糊糊地说:"同样是让人介绍认识,如果不是通过栗本这样的人,那就更好了。我真觉得这样子很对不住小姐。"

小姐望着菊治,大惑不解地问:"为什么这么说?如果不是师傅给我们介绍,我们根本不会认识啊。"

这抗议虽然简单,却也直击要害。

确实,如果没有近子,两人在这人世间根本不会相识。

菊治感觉像是迎面抽来闪亮的一鞭子似的。

小姐说话的口气,像是已经接受了这门亲事。

她那迷惑不解的眼神,让菊治感觉像是一道闪光。

不过,听到菊治直呼近子为"栗本",她是什么想法呢?她会不会已经知道近子曾经短期地做过父亲的情妇呢？

"关于栗本，我有过很不愉快的记忆。"菊治的声音颤抖了，"我不想让那个女人插手我的命运，她介绍你我认识，实在难以置信。"

这时，近子把食案端进来。谈话中断了。

"不介意的话，我也陪陪你们吧。"近子坐下来，胸稍稍前倾，像是要平定一下干活的喘息。

她看了一下小姐的脸色，说："就一个客人，有点儿冷清。不过令尊知道还有人开茶会纪念他，也会含笑九泉的吧。"

小姐垂下眼帘，老实地说："我觉得自己还不具备进入令尊茶室的资格。"

近子没在意这句话，只是想到什么就说什么，讲起了菊治父亲生前如何使用这个茶室。

看来近子认定这门亲事已经大功告成。

临别时候，她在玄关那里说："菊治少爷改天也该去稻村小姐府上回访一次了……到时候就该商定好日子了。"

小姐点点头，像是要说什么，但没有出声。她整个身体都蓦地表现出本能的羞涩之态。

菊治没料到她会这么害羞，似乎感到了小姐的体温一样。

然而菊治却又觉得像是包裹在黑暗、丑陋的幕布里，令他窒息。

哪怕到了今天，也没能揭开这块幕布。

不光将稻村小姐介绍给自己的近子是不洁的，菊治本人的内心也是污秽不堪。

菊治仿佛看见父亲正在用龌龊的牙齿咬近子胸前的黑痣，而这个父亲的形象正在与自己合二为一。

小姐对近子并没有猜疑，而菊治对近子却心存芥蒂。菊治的怯懦、优柔寡断，尽管芥蒂不仅仅来源于此，但它却是原因之一。

菊治一方面表现出对近子的嫌恶，另一方面还摆出这门亲事是近子强加给他的样子，把近子当作这样一个随时方便利用的女人。

他疑心小姐已经看穿他的这种伪装,犹如当头又挨了一鞭子。而他发现自己原来有如此面目,也是不禁愕然。

吃完饭,近子起身准备点茶,这时菊治又说:"栗本插手了我们的命运,但对这一命运的看法,稻村小姐和我却大不相同。"这么说,多少有些辩解的味道。

父亲死后,菊治不愿意母亲一个人进茶室。

他现在还是觉得,父亲、母亲和自己,在这个茶室时,各自想的事都不一样。

雨水击打着树叶。

其中,夹杂着雨水落在伞上的声音靠近了,纸拉门外,女仆喊道:"有位太田女士上门了。"

"太田?是小姐吗?"

"是夫人,看上去病恹恹的样子。"

菊治猛地起身,茫然伫立。

"让她去哪呢?"

"就来这里吧。"

太田夫人没打伞就过来了。伞大概放在玄关了。

脸上是雨水吗,菊治想,原来是泪水啊。

这水不断地从眼睛流到脸颊上,可不是泪水吗。

一开始居然以为那是雨水,他也太粗心大意了。

"啊!怎么了?"他呼喊着。

夫人在檐廊两手撑着地跪坐下来,身体瘫在那儿,就像要倒向菊治一样。

泪水依然扑簌簌流个不停,菊治又要把它当成雨水了。

夫人直勾勾地盯着菊治,就像只有这样才能支撑自己不会倒下一样。菊治也觉得万一避开她的视线,就会有严重的危险似的。

她的眼睛周围凹陷下去,布满了细小的皱纹,眼圈发黑,变成奇怪的病态的双眼皮。那饱含泪水的眼睛如诉如慕,有着难以言喻的温柔。

"对不起,我太想见你了,实在忍不住。"夫人亲切地说。

她的身姿中也含着无限柔情。

夫人是如此憔悴,如果她不是这么含情脉脉,菊治简直难以直视她。

他看到夫人的痛苦,感到心如刀绞。他知道这痛苦是因为自己,但又有种错觉,似乎自己的痛苦也因夫人的柔情而缓和了。

"在这里会淋湿的,赶快进去吧。"

他从背后抱住她的胸部,就像要把她拖起来一样。他的动作甚至有点粗暴。

夫人尽量想站稳,说:"放开我吧,放开我。我很轻是吧?"

"是啊。"

"我变轻了,最近瘦了好多。"

菊治突然就把她这样抱了起来,自己也觉得吃惊。

"你这样出来,小姐会担心吗?"

"文子?"

夫人这种叫法,就像文子跟她一起来了一样。

"小姐也一起来了?"

"我是瞒着那个孩子出来的……"夫人啜泣着说,"那个孩子总是盯着我,哪怕在半夜里,只要我稍微有点动静,她也会马上醒过来。因为我,那个孩子现在也变得稀奇古怪了。她甚至问我:妈妈为什么只生了我一个孩子?哪怕是三谷先生的孩子也好啊!"

说着说着,夫人坐直了。

从夫人的话中,菊治体味到了小姐的悲哀。

大概是文子看到母亲的忧伤,感到于心不忍而发出的悲鸣吧?

只是听到"哪怕是三谷先生的孩子也好啊"这样的话,菊治也感到刺痛。

夫人仍然定定地望着菊治。

"今天她也可能追到这里来呢。我是趁那孩子不在家,偷偷溜出来的。因为下雨,她估摸着我不会出来。"

"因为下雨？"

"嗯，她觉得我现在身子这么弱，雨天走不了路。"

菊治只是点点头。

"前几天，文子来过这里吧。"

"我见过她。她说，请原谅她的母亲。我实在无从回答她。"

"我很明白那孩子的心情。我为什么还要过来呢？我这是干的什么事啊！"

"可是我很感谢夫人。"

"感谢？听你这么说对我就足够了……可是我事后很痛苦，请原谅。"

"不过，是什么纠缠住夫人，让你这么自责呢？如果有的话，也许是父亲的亡灵吧。"

然而，夫人的脸色没有因菊治的话而改变。菊治就像是抓了一把空气一般。

"我们都忘记那事儿吧，"夫人说，"可是，不知怎的，栗本的电话让我坐立不安，好羞耻啊。"

"栗本给你打电话了？"

"嗯，今天早上。她说你跟稻村雪子的事定下来了……为什么要特意通知我呢？"

太田夫人的眼睛还湿润着，却忽而微笑了一下，不是哭中带笑，而是单纯、天真的微笑。

"还没有定下。"菊治否认道，"夫人认为栗本察觉我们的事儿了吗？从那以后你又见过她吗？"

"没再见过她。可她是个可怕的人，也许已经知道了。今天早上的电话里头，她肯定会觉得我听起来很奇怪。我真是没用，当时差点都要摔倒了，好像还喊叫了什么。电话里准能听得出来。结果她跟我说，不要插手你们的好事。"

菊治皱起眉头，一时说不出话来。

"说我插手你们……可能吗？说起你跟雪子的亲事，我只觉得自己太坏了。可是今天早上,栗本把我吓坏了,我如坐针毡,没法待在家里了。"

夫人说着,如同中邪一般,肩膀不住颤抖,嘴唇歪向一边吊了起来,年老的丑陋显露无遗。

菊治站起身,伸手按住夫人的肩膀。

夫人抓住他的手。

"我吓坏了,吓坏了。"

她怯怯地看了看四周,有气无力地问:"就是这个茶室?"

菊治不太明白她的意思,模棱两可地答:"嗯,是吧。"

"很不错的茶室呢。"

夫人是回忆起亡夫常常受邀来这个茶室吗?抑或是想起了菊治的父亲?

"夫人是第一次来这里?"菊治问。

"嗯。"

"夫人在看什么?"

"没,没看什么。"

"这是宗达的歌仙画像。"

夫人点了一下头,顺势垂下头去。

"你以前没来过我们家?"

"没,一次都没有。"

"一次都没有?"

"不,来过一次,就一次,你父亲的告别仪式……"夫人的声音低了下去。

"水开了,喝碗茶怎么样?可以解解乏。我自己也想喝。"

"好啊,可以吗?"夫人刚要站起来,就踉跄了一下。

菊治从角落的箱子里取出茶碗等用具。他想起昨天稻村小姐用过这些茶具,不过照样拿了出来。

夫人想取下茶釜盖,她的手哆哆嗦嗦的。盖子碰到了茶釜边上,发出轻微的声响。

她拿着茶勺,胸向前倾,泪水把茶釜打湿了。

"这个茶釜,是你父亲从我那儿买来的。"

夫人点出这是亡夫以前用的茶釜,菊治并不觉得反感。而对于夫人坦率道出此事,他也不觉得有任何唐突之处。

夫人点好茶,说:"我没力气端给你,你自己过来吧。"

菊治走到茶釜边,在那里饮了茶。

夫人像是晕厥过去一样,倒在菊治腿上。

菊治抱着他的肩膀。她的背抖了一下,气息越来越微弱。

在他的怀抱中,她就如婴儿一般娇柔。

三

"太太!"菊治用力摇撼着夫人。

他按住她从咽喉到胸骨的部位,就像要勒她的脖子似的。夫人的胸骨明显比上次看到的更突出了。

"太太能区分开父亲和我吗?"

"好残酷啊,我不要……"

她闭着眼,用撒娇的声音说。

夫人就好像在另一个世界神游,不愿意马上回来一样。

菊治与其说是在问夫人,不如说是在叩问自己不安的内心。

菊治被乖乖地引诱进了另一个世界,他只能把那里当成另一个世界。在那里,父亲与菊治没什么区别。即使有不安,也是后来才有。

在那里,夫人仿佛已成了并非人世间的女子,让人以为她是史前的,或是人类最后一个女子。

他疑心进入那另一个世界以后,夫人便再也感觉不到亡夫、父亲和菊治的区别。

"你想起了父亲,就把父亲和我当成一个人了,对吗?"

"请原谅我吧。啊,可怕啊,我这是造孽啊。"

夫人的眼角流下两行泪。

"唉,真想一死了之啊。死了吧,现在要是死了,多么幸福啊。刚才菊治少爷是要勒我的脖子对吧,为什么没把我勒死呢?"

"别开玩笑了。不过,你这么一说,我的确想勒一下试试。"

"真的?谢谢你。"

夫人伸长了自己的脖子。

"这么瘦,勒起来肯定不费力。"

"还有小姐呢,你就忍心抛下她走了吗?"

"我这个样子,终究会疲惫至死的。文子的事,就拜托菊治少爷照顾了。"

"你是说小姐也跟你一样……"

夫人蓦地睁开眼。

菊治为自己的话吃了一惊,这句话是自己不假思索脱口而出的。

夫人会如何理解它呢?

"瞧瞧,脉搏这么乱,我不会活很久了。"

她拿过菊治的手,放在乳房下面。

她的心脏似乎被菊治的话惊到而悸动一样。

"菊治少爷多大了?"

菊治没回答。

"没到三十岁?我真是够呛,多么可悲的女人啊,自己也搞不懂自己。"

夫人用一只手撑着地,半身斜着坐起来,曲着腿。

菊治坐正了。

"我并不是想破坏你跟雪子的婚事才来的,只是事已至此,没法挽回了。"

"婚事还没有定下来。不过,你这么一说,我的过去也算是洗刷干净了。"

"是吗?"

"做媒的栗本是父亲的女人,这个女人就喜欢散播过去的怨毒。你是父亲最后的女人,我感觉父亲是幸福的。"

"你早点跟雪子结婚才好。"

"随缘吧。"

夫人茫然地望着菊治,脸上没有血色,用手扶住额头,说:"哎呀,天旋地转的,头好晕。"

她不管怎么样都要回去。菊治叫了辆车，自己也坐了进去。

夫人闭着眼，靠在角落里，她那无依无助的样子，似已生命垂危。

菊治没有进夫人家里。下车时，夫人从菊治的掌心抽出冰冷的手指，如梦如烟般消失了。

凌晨两点左右，文子打来了电话。

"是三谷先生吗？妈妈刚才……"

她顿了一下，继而清楚地说道："过世了。"

"啊？是怎么回事？"

"妈妈过世了，心脏麻痹[1]而死。她最近吃了很多安眠药。"

菊治无言以对。

"有件事要拜托三谷先生。"

"你尽管说吧。"

"三谷先生有比较熟的医生吗？可以的话，能带他一起过来吗？"

到现在还没有叫医生吗？菊治感到吃惊，接着恍然大悟。

夫人是自杀的。文子托菊治找医生，是为了掩盖这一点。

"我明白了。"

"拜托您了。"

文子肯定思虑再三，才给菊治打了电话。故而用这样郑重的口吻，只讲了需要办的事。

菊治坐在电话机旁，闭上眼睛。

从北镰仓的旅馆回来时在电车上所见的夕阳，又浮现在脑海。

那是池上的本门寺森林里的夕阳。

通红的夕阳掠过森林的树梢，树林在晚霞中黑沉沉的一片。

在树梢掠过的夕阳沉入他疲惫的眼底时，菊治闭上了双眼。

那时，他忽然感觉在眼里残留的霞光中，稻村小姐包袱上的白色千只鹤正翩翩飞舞。

---

[1] 心脏麻痹：心肌供血不足、肥厚梗阻性心肌病或者主动脉瓣狭窄所导致的症状。

志野瓷

一

在太田夫人头七的次日，菊治去了她家。

如果等公司下班再走，就要拖到傍晚了。他本打算早点动身，可总是犹豫不决，直到下班才出来。

文子在玄关迎接他。

"啊！"

她两手扶着地，仰望着菊治，仿佛要用力支撑自己才不会让肩膀颤抖一样。

"多谢您昨天送来的鲜花。"

"没什么。"

"您送了鲜花，我还以为您不会再过来了。"

"哦？不是也有先送花过来，然后再亲自过来的情况吗？"

"不过，我没想到您会来。"

"昨天我是去附近的花店……"

文子端端正正地点点头。

"嗯，花束上虽然没写名字，但我马上明白了是您送过来的。"

菊治回忆起昨天站在花店的鲜花当中思念太田夫人的情景。

想起花香蓦然间冲淡了他对罪恶的恐惧。

而文子现在也在温柔地接待他。

文子穿着白地的棉服，脸上未施脂粉，只是在干燥的唇上淡淡地抹了点口红。

"我觉得昨天自己不来更好些。"菊治说。

文子的膝盖侧向一边,示意请菊治进去。

她在玄关跟菊治寒暄,似乎是为了忍住不哭。可是也许再接着说几句,她就要忍不住泪水了。

"收到您的花,我别提多高兴了。不过,您昨天要是能过来就更好了。"文子站起身,跟在菊治身后说。

菊治故作轻松地说:"我怕你家亲戚见了讨厌,反而不好。"

"我现在已经不在乎这些事了。"文子爽朗地说。

客厅里,骨灰坛前摆放着太田夫人的遗像。前面供奉的只有昨天菊治送过来的鲜花。

这让菊治颇感意外。是文子只留下自己的花,将别的花收拾到别处了吗?不过,也许头七的日子很冷清吧。菊治感觉有这个可能。

"是个茶道用的水罐吧?"

文子明白菊治指的是花瓶,说:"是啊,我觉得这样挺相称的。"

"好像是件很好的志野瓷。"

用来做水罐显得稍稍小了点。

花束是白蔷薇和淡色的石竹花,与筒形的水罐很配。

"母亲生前也常用它来插花,所以一直留着没有卖。"

菊治在骨灰坛前跪下,上了香。他双掌合十,闭上眼睛。

菊治在向死者谢罪。然而他对于夫人的情谊心怀感激,仿佛还受到了她的爱抚。

夫人是陷入罪孽感无法自拔才死的呢?还是为情所困、难以自制才死的呢?夫人到底是为了爱而死还是为了罪而死,菊治思索了一周,仍没有找到答案。

此刻在夫人的骨灰坛前,他闭着眼睛,脑海里虽没有浮现她身体的形象,但她醉人的气息和触感温存地包裹着菊治。对于这奇怪的触感,菊治并没有觉得不自然,也许是因为夫人的缘故。那不是一种如雕刻般的触感,而是一种如音乐般的触感。

夫人死后,菊治总是难以入眠。他常在清酒里加上安眠药来助眠。即令如此,他还是很容易就醒来,且常常做梦。

不过,他做的并非噩梦,梦醒后常有甘美的醉意。醒来后,菊治总觉得恍恍惚惚。

死者会来到生者的梦中,让生者感觉到对方的拥抱,这让菊治觉得不可思议。就他肤浅的经验而言,实在难以想象。

"我这是造孽啊!"

在北镰仓的旅馆共宿时,以及来菊治的家中茶室时,夫人都讲过这句话。正如这句话引发了夫人甜蜜的战栗与唏嘘一样,菊治跪坐在骨灰坛前,想着导致夫人寻死的起因。他认为是罪孽的缘故,而夫人说起"这是造孽啊"的声音宛如就在耳边。

菊治睁开了眼。

身后传来文子的啜泣声。她像是强忍着不哭出来,但还是不时漏出一两声。

菊治没有动,问:"这是什么时候拍的照片?"

"五六年前了,是用一张小照片放大的。"

"哦,好像正在点茶。"

"嗯,您看得好准。"

这是一张面部放大的照片,衣领合拢处往下都剪掉了,肩部也剪掉了。

"您是怎么知道是正在点茶呢?"文子问。

"感觉是这样。眼睛往下看,像是在做事情,虽然看不到肩膀,但感觉身体是在用力。"

"这张照片脸稍稍有点侧,我也犹豫过合适不合适,不过母亲很喜欢这张。"

"嗯,看着很娴静,很好看。"

"不过,因为脸有些侧,总觉得不大好。别人上香时,好像不正眼看人家似的。"

"哦？好像确实有那么一点。"

"她不正眼看人，而是看向一边，往下看。"

"嗯。"

菊治想起了夫人临死前一天点茶的情景。

她拿着茶勺，泪水打湿了茶釜边。菊治走近，端起茶碗。直到喝完，茶釜上的泪才干。刚放下茶碗，夫人就倒在了菊治的腿上。

"拍这张照片的时候，妈妈偏胖一点。"

说完，文子又啜嚅着说："还有，这张照片跟我很像，摆在那里总觉得很羞耻。"

菊治忽而转过身来。

文子垂下眼去，刚才她一直望着菊治的背影。

现在，菊治只能离开灵前，跟文子面对面了。

只是，他还有什么致歉的话好向文子说呢？

幸好有这个做花瓶的水罐。菊治双手轻轻扶着它前面，作出欣赏茶器的样子。

罐子的白釉中隐隐泛着红，清冷中又有一丝温馨。菊治伸手抚摸了一下。

"像梦中……一样柔和啊，这种好的志野瓷，就连不懂行的人也会喜欢。"

他本来想说"像梦中的女子一样"，但省略了。

"您要是喜欢，就把它送给您，作为母亲的纪念品吧。"

"这可使不得。"菊治慌忙抬起头。

"中意就收下吧。妈妈也会高兴的。这东西仿佛还不差。"

"东西自然是好东西。"

"我也听妈妈这么说过，因此才把您送的花插在里面。"

菊治不觉热泪上涌。

"既然这样，我就收下了。"

"妈妈也会高兴的。"

"不过,我不会用它来做茶道水罐,只会用来做花瓶。"

"妈妈也是用来插花,您随便用就好。"

"插花也不会插茶道用的花。茶器离开了茶道,总觉得孤孤单单的。"

"我也想离开茶道了。"

菊治回过头,趁势站起来,把壁龛旁边的坐垫拖到檐廊这边坐下。

文子一直坐在菊治身后几步远处,没有用坐垫。

菊治挪动了位置,就只剩下文子留在屋子中央。

她手指稍稍弯曲着放在膝盖上,大概是为了防止颤抖,她的手握了起来。

"三谷先生,请原谅母亲。"文子说着,头垂了下去。

她垂下头去的瞬间,菊治以为她会倒下去,吃了一惊,连忙说:"怎么能这么说?请求原谅的应该是我才对,只是一直难以开口说这句话,不知怎么向文子小姐道歉才好,真是羞愧。"

"我们才应该感到羞愧。"

文子的脸红了。

"真想钻到地缝里去。"

从她不施脂粉的脸颊,到修长白皙的脖颈,都微微泛红,文子的疲惫与焦虑也表露无遗。

这淡淡的红晕,更让人感觉到文子的贫血。

菊治心里一阵痛楚。

"我想,还不知道她有多恨我呢。"

"恨你?妈妈会恨你吗?"

"不,我是说,是我害她走上这条路的啊。"

"妈妈是自己要寻死的,我是这么认为的。妈妈死后这一个星期,我老是一个人想这些事情。"

"家里现在就你一个人了吗?"

"嗯,以前也是妈妈和我两个人一起过的。"

"你妈妈是因为我死的。"

"她是自己要死的。要说因为您而死,还不如说因为我而死。如果妈妈死了一定要恨什么人的话,就该恨我才对。可是如果要别人来担责任、后悔什么的,妈妈的死就成了不光彩、不纯粹的事。我想,生者的愧疚与后悔,只会成为死者的重负。"

"可能确实如此,不过,要是我没有遇见她的话……"

菊治再也说不下去了。

"我觉得死者能得到原谅就好了。妈妈寻死也是为了求得原谅。您能原谅母亲吗?"文子说着,起身走开了。

听了文子的话,包裹菊治的那黑暗、丑陋的幕布像是被揭开了一层。

他想:死去的人,负担真的会减轻吗?

莫非因死者而忧烦,就如同咒骂死者,大多是一种浅薄的错误?死者并没有把道德强加给活着的人。

菊治又望向夫人的照片。

二

文子端进来一个茶盘。盘里放着赤乐与黑乐[1]的茶碗各一只。

文子把黑乐茶碗递给了菊治。碗里是粗茶。

菊治端起茶碗,看了看碗底的"乐"印,鲁莽地问了一句:"谁烧制的?"

"我想大概是'了入'。"

"红的也是?"

"嗯。"

---

[1] 由京都长次郎(1516年—1592年)烧制的茶具,丰臣秀吉赐予他"乐"印,遂用为家号。分白釉、赤釉、黑釉三种。下文的"了入"是乐家第九代吉左卫门(1756年—1834年)的称号。

"那就是一对啊。"

菊治瞄了一眼赤乐。文子把它放在膝盖前,还没有碰。

这对直筒茶碗用来喝茶再合适不过,菊治脑海里却突然闪过一个不愉快的念头。

文子的父亲辞世后,菊治的父亲还在世的时候曾来找过文子的母亲,他们用的就是这一对茶碗吗?菊治父亲用黑乐,文子母亲用赤乐,这不就成了夫妻茶碗吗?

既然是了入陶,也不用特别爱惜,兴许还被两人用作旅行用的茶碗。

若是如此,对此明明知情的文子,又把这对茶碗拿出来招待菊治,岂非恶意嘲弄?

然而,菊治既未感到她有讽刺之意,也没觉得她别有企图。这其中只有作为少女的单纯的感伤。这种感伤也浸染了菊治。

不管文子还是菊治,都因夫人的死而笼罩在这异样的感伤里。而这一对乐氏茶碗,更加深了菊治与文子共同的悲戚。

菊治父亲与文子母亲之间的事,文子母亲与菊治之间的事,文子母亲最后的死,这些文子全都了然于心。

隐瞒文子母亲自杀的事,两人是共犯。

文子端茶进来的时候,像是刚刚哭过,眼睛微微发红。

"今天还好过来了,"菊治说,"我想刚才文子话里的意思是说,在死者与生者之间,无所谓原谅不原谅。那么我是否可以认为已经得到你母亲的原谅了呢?"

文子点点头。

"对,否则,妈妈也没有得到原谅,尽管她一直没能原谅自己。"

"不过我来这里和你这样面对面坐着,也许是件可怕的事。"

"为什么?"文子看着菊治,"您是觉得她不该寻死吗?妈妈刚去世的时候,我也很懊恼,总觉得不管她受了什么样的误解,死是不能还她清白的。一死了之,就等于拒绝了别人的谅解。而且别人也无从原谅她了啊。"

菊治默默不语。他想，不知文子是不是也探寻过死亡的秘密。

文子说死亡等于拒绝了别人的谅解，这让他深感意外。

菊治心目中的夫人与文子心目中的妈妈，是截然不同的。

文子并不理解作为女人的母亲。

而对菊治而言，原谅也好，被原谅也好，都意味着沉浸在女体的梦幻般的波浪里。

这一对乐氏茶碗，又让菊治摇荡在如痴似醉的梦幻里。

文子并不理解这样的母亲。

从母体出生的孩子，对母亲的身体却并不了解，这实在有些微妙；可是母亲的体态却转移到了女儿身上，这也是微妙的事。

文子在玄关迎接他时，菊治感受到的温情，也是由于他在文子柔和的圆脸上，看到了她母亲的面影。

如果说夫人因为在菊治身上看到了他父亲的面影而犯错，那么菊治也在文子身上看到了她与母亲的相似之处。这是令人战栗的诅咒，菊治却乖乖地接受这种诅咒的引诱。

望着她微微翘起的下唇和有些干燥的嘴，菊治想：自己没法与她争论起来。

要怎样才能让这位小姐表现出反抗呢？

菊治脑子里闪过这样的念头。

"你妈妈太温柔了，这才导致她很难活下去，"他说，"不过，也是我对她太残酷了，把自己在道德上的不安，用这种形式强加给她，我这个人真是又胆小，又卑怯……"

"是妈妈不好。她这个人太差劲了，无论跟您的父亲，还是您本人。但我觉得她并非本性如此……"

文子吞吞吐吐地说着，脸上泛起一片红晕，比刚才更有血色了。

为了避开菊治的目光，她把脸稍稍扭向一边。

"不过，母亲去世后的第二天，我渐渐觉得她越来越美了。不知只是在我心目中这样，还是她确实变得更美了。"

"对于死者而言,两者恐怕都一样吧。"

"也许母亲是因为无法忍受自己的丑陋才死的。"

"我觉得不是这样。"

"再说,她受苦受够了。"

文子的泪涌上来,像是要倾诉母亲对菊治的深情厚谊。

"死者已经成为我们内心永久的一部分,让我们珍惜吧,"菊治说,"只是,他们死得都太早了。"

文子显然也明白这里的"他们"指的是菊治与文子的双亲。

"你我都是独生子女。"菊治接着说。他这句话让他自己意识到:如果太田夫人没有这个女儿,也许自己会纠缠于更为阴暗、扭曲的思绪里。

"文子你对先父很是亲切,常常照顾他……我听你妈妈说的。"

他终于说出了这句话,他希望自己的口气听起来是自然的。

父亲把太田夫人作为情人,在这个家里出入的事,要是能跟文子谈一谈也好,他想。

没想到,文子却以手扶着地,深深施礼,说:"原谅她吧,妈妈实在太可怜了……在那以后,她就随时准备去死了。"

说着,她顺势趴在榻榻米上一动不动地痛哭起来,肩膀也松弛了下来。

因为没料到菊治会来,她没来得及穿袜子,像是为了把两个脚心藏在身下一样,缩起了身子。

她的乱发披散在榻榻米上,差点碰到那只赤乐茶碗。

哭了一会儿,她便双手捂脸出去了。

菊治等了一阵子,见她没回来,便说:"今天我先告辞了。"

他来到玄关。文子拿着一个包好的包袱出来了。

"请带上吧,给您添负担了。"

"这是?"

"那个志野水罐。"

就这么一会儿,文子已经取出花,倒掉水,擦干净,装到盒子里,用包袱包好了。菊治为她的神速感到吃惊。

"这就让我带走？刚才里面还插着花呢。"

"请您带走吧。"

菊治想：文子这么麻利，是因为太悲伤的缘故。

"那我就带走了。"

"您带走就好，不过我就不登门拜访了。"

"为什么？"

文子没有回答。

"请多珍重。"

菊治正要离开，文子又说："感谢您，您能过来太好了。母亲的事，不用挂念，请赶快结婚吧。"

"什么？"

菊治回过头，但文子却没有抬头。

三

在带回来的志野瓷水罐里，菊治也插上了白蔷薇和淡色的石竹花。

太田夫人死后，菊治才感觉自己爱上了她，为这种情思所困。

这份爱，通过夫人的女儿文子才真正领悟。

到了星期天，菊治给文子打了电话。

"还是一个人在家吗？"

"嗯，觉得挺寂寞的。"

"老这样一个人不行啊。"

"嗯。"

"从电话里都能听出来你家里有多安静。"

文子轻轻笑了一声。

"找个朋友陪陪你，怎么样？"

"我总觉得，要是别人来了，他们就会知道母亲的事似的。"

菊治不知该怎么回答。

"一个人的话，出去也不太方便吧？"

"那倒没什么，我可以锁上门出去。"

"那就来我这儿一趟吧。"

"多谢邀请。等过些时候吧。"

"现在身体怎么样？"

"更瘦了。"

"睡得还好吗？"

"夜里基本上睡不着。"

"这可不行啊。"

"最近想处理掉这里的房子，到朋友那里租房住。"

"最近是什么时候呢？"

"等把家里的房子卖了。"

"家里的房子？"

"嗯。"

"你想卖掉它？"

"嗯。您觉得卖掉不好？"

"哦，没有啊，我自己也想把家里的房子卖掉呢。"

文子没答话。

"喂，喂，这种事在电话里没法讨论。我周日在家里，你可以过来一趟。"

"哦。"

"你给我的志野瓷，现在插着西洋花，你要过来的话，还是可以用它来做水罐。"

"要点茶？"

"倒也说不上，只是志野瓷要是不用来做一回水罐，就可惜了。作为茶具，只有跟别的茶具放在一起搭配使用，才能相互映衬，显示出真正的美。"

"不过,我现在比您上次见到的时候更憔悴难看了许多,还是不过去了吧。"

"没有别的客人的……"

"可是……"

"你再考虑一下?"

"再见了。"

"保重。有人来了,再见。"

客人是栗本近子。

她听到刚才的电话了吗?菊治一想到这儿,脸色阴沉了下来。

"最近老是阴沉沉的,好不容易有个好天气出来一趟。"

她嘴里寒暄着,眼睛已经看见了那件志野水罐。

"很快就是夏天了,茶道也要闲一段时间了,我想来这里的茶室坐一坐……"

说着,她把带来的礼物、点心、扇子等拿出来。

"茶室又发霉了吧?"

"可能吧。"

"这是太田家的志野瓷吧,我瞧一瞧。"

近子风轻云淡地说着,身子挪了过去。她手扶在榻榻米上,头低下去,那骨骼粗大的两个肩膀就突了出来,像是在喷涂毒素一样。

"这是你买过来的?"

"不是,是送的。"

"送的?这件礼物也太贵重了吧,是做纪念品吗?"

她抬起头,转向他,说:"像这么贵重的礼物,还是买过来比较好。你就这么把它从小姐那里拿过来,有点不像话啊。"

"哦,我会考虑的。"

"你还是再考虑考虑吧。太田先生的茶具,虽说有好多都来了咱这边,可那些都是你父亲买过来的。哪怕在他照拂太太以后,也是这样……"

"我不想听你谈这些事。"

"好啦，不谈就不谈。"

她忽然轻快地站起身，出去了。就听见她跟女仆聊了几句，换上围裙出来，猛地突袭似地问："太田夫人是自杀的吧？"

"不是。"

"不是？我一听说这事儿就猜到了。那个太田夫人啊，身上总带着一股妖气。"她望着菊治说道，"你父亲总是说他看不懂那个女人，可是对我们女人家来说，就不一样了。那个女人总是作出一副天真无邪的样子，跟我实在是不对路，黏黏糊糊的……"

"我们就别再说死者的坏话了吧！"

"说是死人，却还在阻碍菊治少爷的婚事呢。你父亲在那个女人手上受的苦也够了。"

菊治想：真正受苦的是近子你吧。

近子与父亲不过是一段露水情缘，其结束的原因并不在太田夫人。然而，由于父亲一直到死都和太田夫人保持着关系，近子对她充满了仇恨。

"你这么年轻，看不透那位太田夫人的鬼把戏。说实在的，她死了对你来说正好。"

菊治歪过脸去。

"她还要阻碍你的婚事，这种事谁能忍受得了？估计她自己也觉得这么干是在造孽，可又按捺不住自己的魔性，只能一死了事。那个人说不定还寻思着这样死了，能早点跟你父亲相会呢。"

菊治打了个寒战。

近子来到院子里，说："我去茶室静坐一会儿啦。"

菊治望着志野水罐里的花，静坐良久。

白与浅红的花色，与志野瓷上的釉彩融为一片云霞。

文子独自在家中哭泣的身影，忽而浮现在他脑海。

母亲的口红

一

菊治刷完牙，回到卧室。女仆正把牵牛花插在墙上挂着的葫芦花瓶里。

"我今天要起来了。"

菊治虽这么说，却又钻到了被窝里。

他仰卧着，在枕头上扭过脖子，望着挂在壁龛一角的花。

"有一朵牵牛花开了。"女仆说着，去了隔壁房间，"今天也休息吗？"

"嗯，再休息一天。不过我这就起来了。"

菊治感冒头痛，在家休息了四五天，没去公司上班。

"这是从哪里摘的牵牛花？"

"院子边上，缠在茗荷上，开了一朵。"

大约是自生自长的吧。这是那种很常见的蓝色牵牛花，藤蔓纤细，花和叶都很小。

不过，古旧的黑沉沉的红漆葫芦花瓶里，垂下绿色的叶子和蓝色的花朵，看上去颇为清新有趣。

女仆在父亲生前就已经在家里帮忙，这种事情是做惯了的。

葫芦花瓶上，红漆褪色处还能看见花押，装葫芦的古旧的盒子上还有"宗旦"二字。如果是真品，这个葫芦就有三百年的历史了。

菊治不太懂茶道用花的门道，女仆了解的也不多。不过，早上点茶，插上牵牛花似乎很应景。

三百年前传下来的葫芦里，是一个早上就会枯萎的牵牛花。菊治凝视良久。

也许比在同样是三百年历史的志野瓷水罐里插上西洋花，更合适吧。

只是，插在这里面的牵牛花，其水灵的姿态能保持多久呢？菊治心里有点犯嘀咕。

菊治对正在准备早饭的女仆说："我还以为这牵牛花马上就会枯萎，其实也未必见得吧。"

"是吗？"

菊治想起来文子送给他做纪念品的志野瓷水罐，他本来想插牡丹的。

拿到水罐时，已经过了牡丹的花期，但说不定在哪里还有牡丹花开放。

"我都忘了家里还有这个葫芦了，你能把它找出来，真不错。"

"嗯。"

"以前你见过父亲在葫芦里插牵牛花？"

"没有，我只是寻思着，牵牛花和葫芦都是蔓生的，所以……"

"啊？都是蔓生的？"

菊治笑了笑，觉得挺泄气的。

他看了会儿报纸，觉得头很沉重，就在起居室躺下了，说："床铺还没收拾是吧？"

女仆进来，擦干正在洗东西的手，说："我这就去打扫一下。"

之后，菊治去了卧室，见壁龛里已无牵牛花。葫芦花瓶也拿走了。

"唔。"大概女仆是不想让他看到枯萎的牵牛花吧。

女仆关于牵牛花和葫芦的说法让他感到好笑，但父亲那套生活作风显然还保留在女仆的举动中。

壁龛正中，只有那没有插花的志野水罐了。

文子要是过来，肯定会觉得对它过于怠慢了。

刚把这个水罐从文子家带回来的时候，菊治即刻插上了白蔷薇和浅色石竹花。在骨灰坛前，文子就是这么插的。白蔷薇和浅色石竹花是菊治在文子母亲的头七送去供奉的花。

带回水罐的路上,菊治在前一天给文子送花的同一家花店又买了同样的花。

然而后来,只要一碰到这个水罐,菊治心里就怦怦直跳,他就再没有用它来插花。

走在路上,见到中年女子的背影,菊治会被强烈地吸引。意识到这点后,他便神色黯然,嘟囔说:"简直成了个罪人。"

清醒过来再一看,那个背影根本不像太田夫人,只是腰身丰满,略略相似而已。

一瞬间,他感到一种令他颤抖的渴望,而与此同时,迷醉与疑惧交叠,让他在即将犯罪的刹那觉醒。

"是什么把我变成罪人的呢?"菊治像是要甩开什么似的自言自语,然而,随之而来的,却是更想见到夫人的欲望。

他不时鲜明地感受到亡人的肌肤的触感。如果不能及时摆脱,那就无法拯救自己了,菊治想。

菊治有时也会想,也许是道德上的苛责,导致了官能上的病态吧?

菊治把志野瓷水罐放回盒子里,又回到床上。

他望着庭院。雷声响了起来。

雷声虽在远处,却很激烈,且越来越近。闪电不时照亮庭院里的树木。不过,等骤雨开始后,雷声就渐渐远去了。

雨很大,院子里的地上都溅起水花。

菊治起身,给文子打了电话。

"太田小姐已经搬家了。"对方说。

"啊?"菊治吃了一惊。"对不起,那……"

菊治想:文子已经卖了房子了?

"您知道她搬到哪儿去了吗?"

"哦,稍等。"对方好像是个女仆,很快回到电话机旁边,像在读什么纸条上的字,告诉了他地址。房东姓"户崎",电话号码也有。

菊治又给这家打了电话。

电话那面,文子的声音很爽朗:"不好意思,让您久等了,我是文子。"

"是文子吗?我是三谷。刚才我给你家里打电话了。"

"对不起,"她压低的声音很像她母亲。

"什么时候搬家的?"

"呃,那个……"

"你也没告诉我一声。"

"我现在住朋友家里,家里的房子我卖了。"

"哦。"

"要不要通知您,我犹豫了很久。刚开始的时候,我没打算告诉您,也决定了不告诉您,不过最近这几天又因为没通知您,感到挺内疚的。"

"你这么想就对了。"

"啊,您也这么想?"

菊治跟她说话时,像是全身心洗过那样清爽,只是打个电话也会有这种感觉吗?

"我一看你给我的志野瓷,就会想见你。"

"哦,家里还有一件志野瓷呢,是个小的直筒茶碗。那时还想着连同水罐一块儿给您的。不过因为是妈妈日常用来喝茶用的,茶碗口上还留着母亲的口红印。"

"哦?"

"至少妈妈是这么说的。"

"妈妈的口红印留在瓷器上面擦不掉了?"

"不算是,这个志野茶碗,本来就带点浅红色。妈妈说,口红沾在茶碗边上以后,就怎么擦也擦不掉。她死后,我有时看看那个茶碗,有个地方似乎确实特别红。"

这些事真的是文子信口说出来的吗?

菊治再也听不下去了,说:"雨好大啊,你那边怎么样?"

"也是好大的雨。雷声好可怕,我都吓得缩成一团了。"

"这场雨过后,天就清爽了。我这四五天都在家休息,今天也在家。你要是愿意,就过来一趟吧。"

"谢谢您邀请。我也想去拜访一下,不过想先找到工作了再去拜访。我想出去做点事。"

不等菊治回答,文子又说:"您给我打电话来,我很高兴,就过去一趟吧。不过总觉得不应该再见您了。"

菊治等待着骤雨过去,让女仆收拾了床铺。

给文子打电话,结果竟把她请了来,菊治自己也意想不到。

没想到一听到这位小姐的声音,自己与太田夫人那种罪孽的阴影居然烟消云散了。

是因为女儿的声音让他觉得母亲还活着吗?

菊治剃了胡须,把带着肥皂沫的胡子渣甩到院子里的树叶间,让雨水冲刷干净。

过了中午,菊治以为是文子来了,跑去玄关迎接,结果却是近子。

"哦,是你啊。"

"好热好热。我好久没问候你了,今天来看看。"

"最近我有点身体欠佳。"

"这可不行啊,脸色不大好看呢。"

近子蹙起额头,看着菊治。菊治想:文子应该是穿洋服过来的。自己听到木屐声居然以为是文子,真是可笑。

"你镶牙了吗?看上去显得年轻了呢。"

"梅雨天正好闲着,就去了……刚开始太白,不过很快就变色了。"

近子走到菊治睡觉的起居室,看了看壁龛。

"壁龛里什么都没有,才觉得清爽。"菊治说。

"哦,梅雨天确实……不过怎么也得插几朵花才像样……"说着,近子转过头来对着他,问:"你把太田家的志野瓷怎么处理了?"

菊治没吭声。

"那个还是还给对方更好吧。"

"这是我的自由。"

"恐怕不是吧。"

"不管怎么说,用不着你对我颐指气使。"

"话可不能这么说……"

近子露出新镶的白牙笑着说:"我今天过来就是想听听你的意见的……"说着,猛地一甩手,就像是要驱赶什么似的,"反正这个屋子里的邪气得除掉……"

"你别这么吓唬人。"

"不过,我是媒人,今天得提一下自己的要求。"

"要是你指的是与稻村小姐的婚事,很遗憾,我只能敬谢不敏了。"

"哎哟喂,不能因为你不喜欢我这个媒人,就连本来中意的亲事也推辞了吧,这样也太小家子气了。媒人,媒人,只是搭个桥而已嘛,只要过了桥,你管他呢。当年你父亲利用我的时候可是从来没有顾虑的。"

菊治露出厌恶的神色。

近子说得越起劲,她的肩膀也就耸得越高。

"就是这么回事。我跟太田夫人可不一样,有啥话都直说,这种事也不想藏着掖着,还是说明白了的好。可惜的是,在你父亲那些相好的里头,我是算不上数的,很快就吹了……"

她低下头去,"但是我并没有怨恨谁。从那以后,只要我有用,他就满不在乎地用我。男人总喜欢利用和自己有过关系的女人,更方便。也多亏了你父亲,我在为人处世方面,常识很健全。"

"唔。"

"因此,你还是用一用我在为人处世方面的常识吧,对你有好处。"

菊治也觉得她这番话似乎不无道理,竟不知不觉听入迷了。

近子从和服腰带里抽出了扇子。

"一个人要是太有男人味儿,或者太有女人味儿,为人处世方面的常识就没那么健全。"

"哦?这么说得是不男不女的人才常识健全咯?"

"你尽管挖苦我就好。可是，不男不女的人才会对男性和女性的心理都看得一清二楚。你想想，太田夫人和女儿两个人相依为命，怎么会撇下她去寻死呢？我思前想后，觉得那个人肯定有别的意图，想在她死后可以让你照顾她的女儿……"

"你这是胡说些什么啊？"

"我是绞尽脑汁想了好久，才恍然大悟的。太田夫人应该是想用死来破坏菊治少爷的婚事，她死得这么蹊跷，肯定有什么图谋。"

"你也太能胡思乱想了。"

菊治虽这么说，却被近子的胡思乱想搅扰得方寸大乱。如同有道闪电掠过眼前。

"你跟太田夫人讲过稻田小姐的事吧？"

菊治当然还记得，但装作不知道。

"不是你给太田夫人打了电话，说我的亲事已经定下来了吗？"

"对，是我告诉了她，叫她别从中作梗。太田夫人就是那天晚上死的。"

沉默了好一阵子。

"只是，我给她打电话的事，你又是怎么知道的？那个人来向你哭诉了？"

菊治遭到这样的突然袭击，答不出话。

"肯定是这样，那一位在电话里可是嗷嗷大叫呢。"

"这么说就是你把她给逼死了？"

"你要是觉得这么说心里头轻松，就尽管这么说好了，反正我是习惯了充当反派角色了。你父亲以前就是这样，随时让我当坏蛋，对他方便得很呢。现在也说不上是报恩，只是今天就让我再来扮演一次坏蛋吧。"

菊治听近子这么说，感觉她是在吐露自己根深蒂固的嫉妒与憎恨。

"有什么内幕，我都装作不知道好了……"近子说话时就像在凝视自己的鼻子，"对我这个爱管闲事的老太婆，你尽管皱眉头。可我一定要祛除妖女，让你缔结良缘。"

"别再提什么良缘了吧。"

"嗯嗯,我本来自己也不想把太田夫人的事牵扯进来。"

近子的声音和缓下来:"太田夫人呢,也不能说是坏人。她就是盼着在自己死后,不言不语地,她女儿就能跟了你了。"

"你又开始胡言乱语了。"

"唉,就是这么回事嘛。那个人还活着的时候,你就一次也没想过她想把女儿许给你?要那样的话,你也太糊涂了吧。那个人啊,是不管白天黑夜地想着你父亲,就像中了邪似的。要说是痴情,倒也真的是痴情。她疯疯癫癫的,把女儿也牵扯进来,到末了把命也搭上了。可是这事儿在旁人看来,就像是报应,或是诅咒应验了,是被一张妖气的网给罩住了……"

菊治和近子对视着。近子抬起小眼睛盯着菊治,菊治只好扭过脸去。

菊治任由近子喋喋不休地胡言乱语,是因为他一开始就有弱点,也因为自己让近子的奇谈怪论给惊呆了。

过世的太田夫人,果真希望女儿与自己结合吗?菊治从来没想过这一点,也不相信这个。

近子只是在吐露嫉妒的怨毒而已。正如她胸上丑陋的黑痣那样,是一种恶毒的猜疑。

可是这种胡言乱语,却如闪电一般掠过菊治的脑海。

菊治觉得恐慌。莫非自己也抱过这种希望吗?

在母亲死后移情于女儿的事也不是没有。然而,还沉浸在母亲的拥抱中,却又不知不觉移情于女儿,自己全然未曾留意,这是中邪了吗?

回想起来,菊治觉得自己在与太田夫人见面以后,整个人的性格都大变了。

他好像已经麻木了。

"太田小姐过来了。她说既然有客人,就改天再过来。"女仆进来说。

"啊,她还没回去吧?"

菊治站起身,走了出去。

二

"刚才……"文子伸着白皙修长的脖颈,仰望着菊治。

从她的喉咙到胸的凹陷处,有一层淡黄色的阴影。不知是光造成的,还是消瘦所致。这淡淡的阴影,让菊治心里觉得放松。

"刚才是栗本来了。"菊治坦率地说。他出来时感到有点局促,但一见到文子,反而安心了。

文子点点头说:"嗯,我看到师傅的伞了……"

"哦,是这把阳伞吗?"

在玄关有一把长柄的灰色的阳伞。

"要不你先去厢房那边的茶室那儿待一会儿,栗本那个老太婆马上就走了。"

菊治这么说着,纳闷自己明明知道,怎么没把近子早点打发了呢?

"不用,我无所谓的。"

文子似乎全然不知近子的敌意,来到了客厅,跟近子寒暄了几句,感谢她去吊唁母亲。

近子就像平常给弟子们指点茶道时那样,左肩稍稍耸起,扬着头说:"令堂真是个温柔可亲的人啊。只是这个世道,太温柔的人活着都不容易,见到她就像见到最后的花飘零一样。"

"妈妈没您说的那么好。"

"以后你就是孤零零一个人了,令堂肯定也是放心不下的吧。"

文子低下眼去,略略翘起的下唇抿得紧紧的。

"要是觉得寂寞,还是来练习茶道吧。"

"哦,我已经……"

"也好解解闷啊。"

"我觉得自己不够资格。"

近子抬起叠放在膝盖上的双手,起身说:"我今天过来,是想梅雨天也快过去了，来给茶室通通风的。"

说着，她瞥了菊治一眼。

"文子也在这里，可以吗？"

"什么？"

"我想用一下你母亲的那件遗物，那个志野瓷水罐……"

文子抬起眼望着近子。

"我们可以借此追思一下令堂。"

"可是，去了茶室只会在那里流泪，不大好吧。"

"唉，那就尽情地哭吧。哭一哭也好。等将来菊治有了太太，我就不能随随便便用这个茶室了。这个茶室真是让人想起好多往事啊……"

近子笑了笑，又一本正经地说："我是说，如果跟稻村家的雪子小姐这门亲事定下来的话……"

文子点点头，脸上不动声色。

只是那跟母亲相似的圆脸上，有些憔悴之态。

"还没有定下的事情，你这么说只会给对方添麻烦。"菊治说。

"我是说如果定下来嘛。"近子又顶了回来，"不过呢，好事多磨。文子，这件事没定下来之前，你就当没听见好了。"

"嗯。"文子点点头。

近子叫上女仆，去打扫茶室了。

"树荫这里，树叶还是湿的，要小心啊。"

从院子里传来近子的声音。

三

"早上的电话里，听到这边的雨声了吗？"菊治问。

"在电话里也能听到雨声？我没留意。这边院子里的雨声，你在电话里也能听见？"

文子的目光投向庭院。树丛对面，可以听到近子打扫茶室的声音。

菊治也望着庭院。

"当时在电话里也没留意你那边的雨声,但后来却感觉好像听见了似的。真是骤雨滂沱啊。"

"嗯,雷声好可怕。"

"你在电话里也这么讲来着。"

"就连这些鸡毛蒜皮的小事上,我都像我妈。小时候,只要一打雷,她就用袖子蒙住我的头。夏天要外出的时候,妈妈经常会看看天,说,今天会不会打雷啊?哪怕是现在,一碰上打雷,我还会用袖子蒙上头呢。"

文子好像从肩膀到胸都流露出羞涩,说:"那个志野瓷茶碗,我带过来了。"

说着,她走了出去。回到客厅后,她将包着的茶碗推到菊治膝盖前。

不过,因为菊治犹豫不定,文子就又把它拉到自己这边,从盒子里取出茶碗。

"那个乐氏茶碗也是你妈妈平常喝茶用的吧?就是那个了入烧制的。"

"嗯,不过妈妈说粗茶或煎茶无论是在黑乐还是赤乐里,颜色都不搭配,所以更常用的是这个志野瓷茶碗。"

"哦,黑乐茶碗的话,粗茶的颜色的确看不出来。"

菊治迟迟没有伸手去拿放在那儿的直筒茶碗。

"这个不是上好的志野瓷吧?"

"不,挺好的。"

不过,菊治还是很难伸出手去。

正如文子在电话里所言,这个志野瓷茶碗的白釉里隐约透着点红,凝视之下,就如在白中浮现出了红一样。

碗口是淡茶色,有一小处的淡茶色更浓一些,可能就是接触嘴唇的地方吧。看上去像是茶渍,也许是嘴唇碰脏了的缘故。

再仔细看这淡茶色,似乎也透出点红。果真如文子在电话里所言,是文子母亲的口红沾染在上面吗?

如此想来,再一看,在釉面也呈现出茶、红混杂的色泽。这色泽像是褪色的口红,又像是枯萎的红蔷薇,还像是陈旧的血渍。菊治觉得怪怪的,同时又感到令人呕吐的污秽,与令人神往的诱惑。

茶碗面黑色带着点青,上面绘有宽叶草,叶子中间又透出点红褐色。

草画得质朴而又挺拔,驱散了他病态的幻想。

茶碗的形状也端端正正。

"挺不错的。"菊治说着拿了过来。

"我对这个也不大懂,只是妈妈很喜欢用它来喝茶。"

"给女人当茶碗,很合适的。"

菊治这句话,又让他自己活生生地感受到了文子母亲身上的女性特征。

文子为何要把沾有母亲口红的志野瓷茶碗拿来给他看呢?

她是天真,还是不以为意呢?菊治想不明白。

只是,文子那种毫无抵触的情绪,似乎也传给了他。

菊治把茶碗放在腿上把玩着,但还是小心翼翼地避免手指碰到嘴唇接触的那个地方。

"把它收起来吧。要是让栗本那个老太婆看见,少不了又要说三道四,很是讨厌。"

"嗯。"文子把茶碗放回盒子,重新包了起来。

她带了茶碗来,可能本打算送给菊治,但没机会说出口。也许她考虑到菊治好像并不喜欢它吧。

她把茶碗包好后,又放到了玄关处。

近子从院子里弯着上身走了上来。

"把太田大人的水罐拿出来好吗?"

"用家里的行不行?太田小姐在这里,不大好吧。"

"这是哪里的话?正因为文子在这里,才会用它的啊。正是为了要追思她母亲才要用它的啊。"

"可是,你不是很讨厌太田夫人吗?"菊治说。

"我哪有讨厌她?只是性情不合而已嘛。再说,人已经死了,还讨厌她有什么意义？不过由于性情不合，我不理解那位夫人，可另一方面，我算是把她看透了。"

"您老人家的毛病就是喜欢看透别人。"

"那她们就该别让我看透才对。"

文子现身在檐廊下，坐在门框边。

近子耸起左肩膀，回过头说："文子，可以用一下令堂的志野瓷水罐吗？"

"好啊，请用吧。"文子回答。

菊治只好把之前放在壁橱的水罐拿了出来。

近子麻利地把扇子插回腰带里，抱着装水罐的盒子去了茶室。

菊治也走到门框边，说："今早听说你搬家了，还真是让人吃惊。是你一个人处理的吗？"

"嗯，是熟人买的，所以比较简单。对方原先暂住在大矶，房子比较小，跟我说能不能换着住。可是再小的房子，我一个人住也不行啊。要是找了工作，还是租房住更方便些。所以现在暂时在朋友家里住。"

"工作定了吗？"

"没有。一到这种时候，就发现自己一无所长……"文子笑了笑，"我是打算找好工作了，再来拜访您，要不然无家无业的，就这么漂着，跟您见面显得好寒酸。"

菊治想说：这种时候来看看我也好啊。可是他虽然觉得文子孤苦无依，看她的表情却并无落寞之感。

"我也想把家里的房子卖了，只是磨磨蹭蹭的一直没有卖。不过，因为想着要卖掉，落水槽坏了也一直没修，榻榻米也好久没有换席子面了。"

"最近您就要结婚了吧？到那时候……"文子率直地说。

菊治看着文子说："你是说近子做媒的亲事？你觉得我现在能结婚吗？"

"是因为妈妈的事？妈妈已经让您这么难过了，过去的事就让它过去吧。"

四

近子干起活来十分熟练，没用多久就把茶室收拾妥当了。

"你看我把水罐和别的茶具搭配得还行吧？"近子问。

菊治不懂这个。

菊治没有答话，文子也没有吭声。菊治和文子都望着志野水罐。

它曾经作为花瓶摆在太田夫人的骨灰坛前，现在派上了本来的用场，作了水罐。

曾经是太田夫人手里的水罐，现在到了栗本近子手里。太田夫人死后，传给了女儿文子，文子又给了菊治。

这水罐的命运实在奇特。也许茶具的命运大都如此，不足为奇。

而在太田夫人拥有它之前，这个水罐制成后的三四百年间，又经历了多少人之手，这些人又经历了什么样的命运呢？

"志野瓷摆在风炉和茶釜这些铁器旁边，看上去更像个美人了。"菊治对文子说，"不过，又有不逊于铁器的刚劲姿态。"

志野瓷的白色肌肤闪耀着光泽，仿佛这光泽是从深层透出来的。

菊治给文子打电话说，他一见到这件志野瓷就想见她。这是由于她母亲的白色肌肤也深深蕴含着女性的刚劲吧？

因为天热，菊治把茶室的拉门打开了。

从文子身后的窗户可以看到外面翠绿的枫叶。茂密的枫叶投下影子，正好落在文子的秀发上。

文子修长的脖颈以下的部位正映照在后窗射进的亮光中。像是第一次穿短袖衫一样，她的手臂白里透着点青。她虽然不胖，但肩膀和手臂都有圆润之感。

近子看着水罐，说："果然，水罐不用来点茶，就显不出灵气来。用来插西洋花，实在是浪费了。"

"母亲也是用来插花的。"文子说。

"令堂这件遗物能来到这里，真如梦幻一般啊。令堂若是能看到这情景，也许会含笑九泉吧。"

近子的话里有挖苦的味道。

但文子却若无其事地说："母亲把水罐用来插花，我自己也不想再学茶道了。"

"哦，可别这么说。"

近子环视茶室，说："各家各户、各种各样的茶室我都去过，可还是觉得只要一坐在这儿，心里就觉得安稳。"她又望着菊治说，"来年就是令尊忌辰五周年了，我们在他忌日那天办一个茶会吧。"

"好啊，把那些赝品茶具都摆出来，叫大家都来看看，肯定会很有趣。"

"这是说什么话。令尊的茶具，没一件是赝品。"

"是吗？可是，我觉得全都是赝品的茶会才好玩儿呢。"菊治转向文子说，"我总能在这个茶室闻到发霉的臭气，要是能办一个全是赝品的茶会，兴许能驱散这些臭气呢。既是对先父的追思会，也是我和茶道的告别会。不过，当然了，我早就跟茶道断绝关系了……"

"你大概是想说我这个老婆子太讨厌，总是来这里骚扰吧。"近子用竹刷搅动着抹茶。

近子说了声"请用茶"，把茶端到菊治面前。

"文子，你听听，菊治少爷老是说这种玩笑，你不觉得令堂的遗物是放错了地方吗？我一见到这件志野瓷，令堂的面容就好像浮现在上面一样。"

菊治饮毕，放下茶碗，又看起水罐来。也许文子能看到那黑漆盖子上映出的近子的姿容吧。

不过，文子只是心不在焉地坐在那儿。

文子对近子是毫无抵触，还是完全无视呢？菊治不明白。

文子与近子同处茶室，没有表现出不悦，真是件怪事。

近子提到菊治的婚事，文子也神色坦然。

历来憎恶文子母女的近子，言语之间时时有羞辱之意，文子却淡然处之。

她是因为沉浸于深深的悲伤，以至于所有这一切都从表面滑过，没有触及她的内心呢？还是因为母亲的死给她的打击太大，让她超越了这一切呢？抑或她继承了母亲的性格，对自己、对他人都不抵抗、不拒绝，是一个不可思议的纯洁女子呢？

然而，菊治自己也没有出面保护文子，使她免遭近子的憎恶与羞辱。意识到这一点后，菊治感觉自己也很奇怪。

他觉得给自己点好最后一杯茶，在一旁啜饮的近子很奇怪。

近子从腰带里掏出表，说："这表太小了。我这老眼昏花的，总看不清……把令尊大人的怀表给我好吗？"

"他哪有怀表？"菊治顶了她一句。

"他有的……他经常戴着它呢，去文子家的时候就戴着这块表啊！"说着，近子瞪大眼睛，故意作出吃惊的表情。

文子低下眼去。

"两点十分了吧。时针分针跑到一块了，看上去模模糊糊的。"

近子又现出那副殷勤的劲头："稻村小姐给我找来了一些人学习茶道，今天下午三点开始。在去稻村家之前，我来你这儿一趟，想听个准信，我好去回人家。"

"那就向稻村家明确表示回绝吧。"

"好，好，我就明确一点……"近子笑着敷衍过去，"我是真希望让她们在府上这个茶室练习茶道啊。"

"那就请稻村家买下这所房子吧，我反正是要卖的。"

近子不再跟菊治搭腔，转向文子说："文子，可以陪我一道去那边吗？"

"好啊。"

"那得快点收拾了。"

"我来帮您吧。"

"好啊。"近子没有等她动手,急急忙忙去了水房。接着传来了水声。

"你要是不喜欢,就别跟她一道回去了。"菊治小声说。

文子摇摇头说:"我怕她。"

"有什么好怕的?"

"我是真怕她。"

"那样的话,你跟她一起出去,再瞅个机会回来。"

文子又摇摇头,站起身,把夏服膝盖窝处的褶皱抚平。菊治以为她摇摇晃晃地要跌倒,从下面伸出手去想要扶她。文子羞得满面通红。

近子提到怀表时,文子羞得眼角有些微红。现在则是满脸通红,如红花忽然绽放一般。

文子抱着志野水罐去了水房。

"哟,你把令堂的东西拿过来了?"

里边传来近子粗哑的声音。

二重星

一

栗本近子来到菊治家,告诉了他文子和稻村小姐都结婚了的事。

夏日傍晚八点半左右,天色尚明。菊治在晚饭后躺在檐廊下,望着女仆买来的萤火虫笼子。白色的荧光不知何时成了黄色,天色也昏暗下来。可是,菊治没有起身去开灯。

菊治在公司休了四五天夏日假期,到友人在野尻湖的别墅去游玩,今天刚回来。

友人已经结婚,有个小孩。对这种事毫无经验的菊治,既看不出小孩有多大,也不懂孩子的身量相比年龄而言是大还是小。他不知道怎么客套几句才好,只能含糊地说了句:"这孩子发育得挺好啊。"

"才不是哪,刚生下来就是个小不点,最近才多少长了点。"友人的妻子答道。

菊治在婴儿面前摆了摆手,说:"宝宝不眨眼啊。"

"宝宝能看见的,得再过一阵子才会眨眼。"

菊治还以为小孩好几个月大了,但实际上才刚满百日。年轻的妻子头发稀疏,脸色发青,显然还没从产后的劳累中恢复过来。

夫妻俩的生活以这个婴儿为中心,只顾照看宝宝,菊治觉得自己很多余。在归途的火车上,菊治满脑子都是那面容憔悴、了无生气、茫然抱着孩子的瘦弱妻子的身影,久久挥之不去。这位友人原先与父母兄弟同住,在这第一个孩子出生后不久,迁到了这座湖畔别墅。习惯两个人生活的妻子，大概是觉得心里安稳才会有些发呆吧。

菊治回到家，躺在檐廊下，想起那位妻子的样子。这种怀念之情里有一丝神圣的哀伤。

这时，近子冒冒失失地进来了，嚷嚷着："哎呀呀，怎么黑灯瞎火地躺在这儿啊？"

说着，她便在菊治脚头的檐廊下坐了。

"单身汉的生活可真可怜啊，躺在这儿，连一个给他开灯的人都没有。"

菊治蜷起腿，待了一会儿，又老大不情愿地坐起来。

"你躺着就行，不用起来。"近子用右手做了个手势让菊治再躺下，一本正经地跟他寒暄了一番，说自己去了京都，回来路上还顺便在箱根转了一圈。在京都她师傅那里，曾与茶具商人大泉晤面。

"我们很久没见面了，畅谈了关于令尊的事。大泉老板说带我去三谷先生秘密幽会的旅馆瞧一瞧，那是在木屋町的一个小旅馆。估计令尊跟太田夫人就曾在这里住过。大泉老板还说让我也住那儿，他这话也太有失分寸了吧。令尊和太田夫人都已经过世了，我再怎么胆大，住在那种地方晚上也会觉得瘆得慌啊。"

你跟我讲这些才真正是有失分寸呢，菊治心里想着，没吭声。

"你去野尻湖了？"

近子这是明知故问。她来到这儿，早已跟女仆打听过了，不经通报就擅自进门，也是一贯如此。

"我这是刚回来。"菊治闷闷不乐地回答。

"我是三四天前回来的，"近子又耸起左肩，煞有介事地说，"可是啊，刚一回来就听说了一件令人遗憾的事。我可真是大吃一惊啊，都怪我太大意了，简直不知道该怎么来见你。"

于是近子说稻村小姐已经结婚了。

菊治正处在檐廊下的阴影里，无须掩饰自己的惊讶之色。他故作随便地应了一声："哦？什么时候？"

"看样子你是满不在乎嘛。"近子挖苦了他一句。

"本来嘛，我屡次跟你说过要回绝这门亲事的。"

"你只是嘴上说说而已吧。你这副样子只是摆给我看的嘛，说什么一开始就不愿意啦，偏偏我这个老太婆爱管闲事，纠缠着你不放，让你厌烦。可是呢，你心里却琢磨：那小姐其实挺不错的！"

"你都胡说些什么啊？"菊治扑哧笑出声来。

"你确实中意那位小姐的啊。"

"那位小姐当然好啦。"

"我早看出来了。"

"小姐虽然好，不等于我就想跟对方结婚啊。"

虽这么说，他听到稻村小姐结婚的消息，心头不由得一阵刺痛，强烈地渴望着回忆起小姐的面影。

他只跟雪子见过两次。

圆觉寺的茶会上，近子为了让菊治好好打量一下雪子，特意吩咐雪子给他点茶。她的举止落落大方，气质高雅。纸拉门上映着新叶的影子，雪子身着长袖和服，从肩膀到衣袖全是一片光明。这印象还留在他的心底，雪子的面容却很难回忆起来。还有那红色的茶巾，以及在去茶室时她拿着的粉色包袱上的白色千只鹤，如今都一一鲜明地浮现在眼前。

之后的一次，是雪子来菊治家那天，那次是近子点茶。菊治次日仍能感觉到茶室里还残留着小姐的香气。她那绘有菖兰的腰带，此刻仍历历在目，可她的姿容却难以从记忆中捕捞出来了。

三四年前去世的父母的容颜，菊治也没法在心中描绘出来。见到他们的遗像，才点头感叹：原来如此。看来，越是亲近的人，越是所爱的人，越是难以在心中描画他们；反而那些丑陋的面孔，更容易留下鲜明的印象。

雪子的眼睛、面容只留下一片光亮的抽象回忆，然而近子从乳房到心口窝的一大块黑痣却留下了像癞蛤蟆一样的具体的记忆。

檐廊下虽则昏暗，菊治还是知道近子大概是穿了小千谷的白色麻绉绸和服衬衣。即使在亮处，也不可能透过衣服看到胸上的黑痣。可是菊治却能看到记忆中的黑痣。恰恰因为在黑暗里，反而看得越发分明似的。

"既然觉得是位好小姐，那就更不该错过啊。像稻村小姐这样的人，世上就只有这一个，你就是再找上一辈子，也碰不到第二个了。这么简单的道理，你还是不明白啊。"

近子又用责备的口气说，"经验很浅，眼光倒是蛮高的嘛。这可倒好，你和雪子两个人的命运都改变了。那位小姐本来对你还挺中意的，现在嫁给了别人。如果婚后不幸的话，不能说你就没有责任啊。"

菊治没作声。

"那位小姐的风姿你也好好领略过了。将来的日子里，她要是想到跟菊治少爷结婚该有多好啊，而为此后悔，你想起来就不觉得难受吗？"

近子的声音里充满了恶毒之意。

不过，既然雪子已经结婚，又何必说这些多余的话呢？

"哟，这是萤火虫笼子？现在这时候还有吗？"

近子伸长脖子看着，"现在到了挂秋虫笼的时候了，竟然还有萤火虫笼子，简直跟鬼火一样啊。"

"女仆买来的吧。"

"女仆也就这样了，也难怪。你要是学习茶道的话，就不会有这种事了。日本在季节方面可是很讲究的。"

听近子这么一说，萤火虫看上去的确像鬼火。菊治想起了在野尻湖畔秋虫鸣声一片，这时还有萤火虫，的确不可思议。

"你要是有个太太，就不会有这种过季的东西，弄得冷冷清清的。"

近子的口气忽而又缓和下来，平心静气地说："我操心你跟稻村小姐的事，也是想为你父亲出力啊。"

"为他出力？"

"对啊。你啊，就知道躺在黑乎乎的地方看萤火虫，可是就连太田文子小姐都结婚了啊！"

"什么？什么时候？"

菊治就如让人绊了一跤似的，比听到雪子结婚的消息更为猝不及防，以至于来不及掩饰自己的震惊。这怎么可能呢？

近子也看出了菊治的猜疑，说："我刚从京都回来，也像你一样大吃一惊。就像两个人事先约好了一样，忙不迭都结婚了。现在的年轻人啊，做事还真是草率。文子结婚了，就不会再有人干扰你的婚事了，不料稻村小姐也早就嫁人了。真是让我颜面扫地啊。还不是因为你太优柔寡断啊。"

然而，菊治仍然觉得文子结婚的事难以置信。

"太田夫人一直到死都在阻碍你的婚事。不过，现在既然文子已经结婚了，她的妖气也可以从这个家里祛除了吧。"

近子望着庭院。

"这样也清爽了，你这院子里的树也该修剪一下了。现在这么暗，不用看都能觉出枝叶长得太乱太密了，让人觉得烦闷得难受。"

父亲过世后，菊治从未请过花匠来修剪过庭院里的树木。这些树疯长到了什么程度，由这时它们散发的白天的余热即可感觉得到。

"你也不让女仆浇浇水。这种事总能吩咐她做一下吧。"

"不用你多管闲事。"

近子说的话，句句都让他反感，可是他却任凭她絮絮叨叨。每次见到近子，总是这样的情形。

近子虽说让菊治讨厌，可她其实是想讨好菊治的，也想趁机试探他的想法。他对这种把戏早已习以为常。有时他会反驳几句，而且暗自戒备着。近子对此也心知肚明，只是佯装不知，偶尔透露一下自己明白他的心思。

近子的话固然讨厌，但很少是在菊治意料之外。她专门挑一些菊治由于自我厌恶而可能想到的事来惹他恼怒。

今晚，近子特意来通知他雪子与文子结婚的事，大约是想看看他的反应如何。只是不知她意图何在？他可马虎不得。近子想让雪子嫁给菊治，让文子远离他。如今两个人既然都结婚了，和近子还有什么关系呢？可她还是要来探寻菊治心里的底细。

菊治想站起来打开房间和檐廊的电灯。回过神来，在黑暗里和近子这么讲话，总觉得怪怪的。他们并非这么亲密的关系。近子对修剪庭院树木这种事也要指指点点，这只是她的脾性，菊治并不在乎。不过，只是开个灯的话，他又懒得起来。

近子一进屋，就说到开灯的事，可自己却没有过去开。按照她的脾气，在这种小事上一向是很殷勤的，也是她的职业习惯。不过，也许是她不再想给菊治效劳了，也许是她年老了，抑或是作为茶道师傅要摆摆架子吧。

"京都的大泉老板托我给你捎个口信，要是家里的茶具想要卖的话，他可以代为操办。"

接着，她又沉着地说："跟稻村小姐的好事泡汤了，你也要振作起来开始新生活了，恐怕这些茶具也都用不着了吧。自从令尊那时候起，就用不着我了，我也挺寒心的。不过府上的茶室，也就只有我时常过来通通风了吧。"

原来如此，菊治恍然大悟。

近子的意图再明显不过。她因为给他和雪子说媒不成，对菊治也就死了心，就想着和茶具商合伙把家里的茶具挖走。在京都的时候，她大概已经和大泉谈拢了。

想到这儿，菊治非但没生气，反而放松下来。

"我连房子都想卖呢，到时候可能会拜托你们。"

"他毕竟是令尊那时候就在家里走动的老熟人，尽可以放心。"近子又补充说。

菊治想：家里的茶具，近子估计比自己都清楚，说不定都已经算好值多少钱了。

他向茶室那边望过去。茶室门前有一大棵夹竹桃，开着白花，望过去只是白花花一片。周围是暗夜，已经难以分清天空与树的界限了。

二

临下班时，菊治正要走出公司的办公室，又被电话叫回来。

"我是文子。"电话那头小声说。

"我是三谷。"

"我是文子。"

"哦，我听出来了。"

"冒昧给您打电话真是不好意思，但如果不打电话就来不及跟您道歉了。"

"哦？"

"是这么回事，昨天我给您寄了一封信，可是我忘记贴邮票了。"

"哦？我还没收到。"

"我在邮局买了十枚邮票，寄出信后，回到家一看，还是十枚邮票。我真是脑子糊涂了。我想还是在您收到信之前跟您道歉比较好。"

"这种小事不必介意。"菊治回答道，心想：信里说的大概是她结婚的事儿吧。

"是告诉我喜事吗？"

"什么？我们以前都是电话联系，这是第一次给您写信。我为了要不要寄信犹豫了好久，结果寄出的信忘记贴邮票了。"

"你现在什么地方啊？"

"公共电话亭啊。在东京站……外面还有人在等着打电话呢。"

菊治不明白她为什么要用公共电话，但还是说："恭喜你了。"

"您说什么？托您的福，我终于……不过，您怎么知道的？"

"栗本告诉我的。"

"栗本师傅？她怎么会知道？真是个可怕的人。"

"你以后不会再见到她了吧。上一次，在电话里还能听到下雨声来着……"

"嗯,您后来那么说过。那一次我也是,一直犹豫要不要通知您我已经搬到朋友家的事,这次也是同样的情形。"

"还是通知我更好些。我听栗本说了这事,也在犹豫要不要向你贺喜呢。"

"要真是从此下落不明,还真是寂寞呢。"她的声音渐渐地沉下去,听上去就像她母亲。

菊治也沉默下来。

"不过我不大愿意讲也是有原因的,"她稍稍停顿了一下,"我找到的房子只是不太干净的六铺席间,跟工作差不多同时找到的。"

"哦?"

"在这种最热的时候去上班,真是好累呢。"

"对啊,而且刚刚结婚就……"

"什么?结婚?您刚才说结婚?"

"恭喜你啊。"

"什么?我结婚?……好讨厌!"

"你没结婚吗?"

"怎么会……我怎么可能结婚?"

"你难道没结婚?"

"当然没有。这种时候,我怎么会有心思去结婚?母亲才刚刚那样子去世……"

"哦……"

"栗本师傅说的?"

"嗯。"

"她怎么那么说啊?莫名其妙。您听了她的话,就相信我结婚了?"文子这么问,有一半似乎是在问她自己。

菊治果断地说:"电话里说不清,能见面再谈吗?"

"好的。"

"我去东京站,你在那里等我?"

"我不愿意在外面跟人见面。去您家里吧。"

"那一块儿回去?"

"要是一块儿回去,那还是等于要约个地方见面啊。"

"那你先来我公司?"

"不用了,我直接去您家里吧。"

"那好,我马上就走。你要是先到家,直接进去就行。"

文子如果从东京站坐电车,估计会比菊治早到。不过,他还是觉得可能会与她同乘一趟电车,便在车站的人群中搜寻她的身影。

果然,文子还是提前到了。

听女仆说文子在庭院,菊治便从玄关一侧去了院子里。文子正坐在夹竹桃树荫下的石头上。

近子来后的四五天里,女仆会在菊治回来前给花木浇水,用的是院子里那个旧水龙头。文子坐的那块石头,底下看上去还有点湿。那株夹竹桃如果盛开的是红花,配上茂密的绿叶,就会更像炎炎夏日的花木,不过开的是白花,倒让人感觉很清爽。群花微微摇曳,簇拥着文子的身影。她身穿白棉布上衣,领子和兜口都用深蓝色布镶了细边。

夕阳从文子身后的夹竹桃上方一直照到菊治身上。

"你来了?"

菊治亲切地走上前。

文子看样子想要在菊治开口之前说点什么,不过只说了一句:"刚才,在电话里……"她站起来,缩着肩转过身去,似乎看见菊治走向前来要拉她的手,想要避开一样。

"在电话里听说了那件事,我就过来了。我是想说,没有这回事。"

"你是说结婚的事?我也是吃惊不小。"

"是听说我结婚而吃惊,还是听说我没结婚而吃惊呢?"文子垂下眼帘。

"我是听说你结婚时大吃一惊,后来又听你说没结婚又吃了一惊,等于是吃惊了两次。"

"两次?"

"对啊。"

菊治沿着踏脚石走着,"从这里进去吧。其实你早来了的话进去等就好。"说着,他在檐廊坐下。

"前几天我刚刚旅行回来,在这儿休息的时候,栗本来了,正好是晚上。"

女仆从屋里呼唤菊治。大概是他出公司时打电话叫的晚饭来了。菊治起身过去,顺便换了件白色麻纱上衣出来。

文子好像重新化了一下妆。等菊治坐下,她又问:"栗本师傅是怎么说的?"

"她只是说,文子结婚了。"

"然后您就信以为真了?"

"我没想到她会在这种事上撒谎。"

"一点也没怀疑过?"

文子黝黑的眼睛湿润了,"我现在怎么可能结婚?您觉得我是会做出这种事的人吗?妈妈跟我都经历过那样的痛苦,那样的悲伤,这些还没有消失⋯⋯"

菊治听着她讲话,感觉她母亲似乎还在人世。

"妈妈和我都是爱轻别人的人,也相信别人能理解我们。难道这只是梦想吗?我们心灵的水镜里,映出来的只是我们自己吗?"

文子啜泣起来。

菊治沉默良久,开口道:"前不久,我也说过'你觉得我现在能结婚吗'这样的话,就在下大雨那天⋯⋯"

"打雷那一天?"

"嗯。今晚你又反过来跟我说同样的话了。"

"不一样啊,那个⋯⋯"

"你说过好几次我该结婚了。"

"可是您跟我完全不一样啊。"文子含着眼泪望着菊治,"您跟我不一样。"

"哪里不一样?"

"身份不一样。"

"身份哪里不一样了?"

"就是不一样啊。如果说身份不合适的话,那就说身世暧昧吧。"

"身世暧昧?是说罪孽深重吗?那恐怕应该是我吧?"

"不是!"文子猛烈地摇着头,泪从眼角意外地流到了耳朵附近。

"如果说罪孽深重的话,那也是妈妈的罪。妈妈已经不在人世了。不过,我觉得那不是罪孽,只是妈妈的悲伤……"

菊治低下头。

"如果说是罪孽,那就没有消失的时候了。但悲伤总会过去。"

"不过,你说到自己身世暧昧,那岂不是说你妈妈的死也是暧昧的吗?"

"说成深沉的悲伤,可能更好些。"

"深沉的悲伤……"

菊治想说:是来自于深沉的爱吧。但没有说出口。

"还有,您跟雪子的事,也跟我不一样,"她想把谈话拉回到现实,"栗本师傅觉得是妈妈干扰了您的婚事,可能她觉得我也会干扰,所以就说我结婚了。只能这么解释了。"

"可是,她说稻村小姐也结婚了。"

文子一下泄气了似的,可是又猛烈地摇头说:"撒谎,撒谎,肯定是撒谎!什么时候的事?"

"稻村小姐的婚事?就是最近吧。"

"肯定是撒谎。"

"她跟我说你们两个都结婚了,当时我对于你结婚的事多多少少还有些怀疑,"他小声说,"不过,雪子结婚的事我觉得或许是真的。"

"撒谎。这么热的天,不会有人结婚的。只穿一层衣裳,都会大汗淋漓。"

"也对啊。没有人在夏天举行婚礼吗？"

"几乎没有。也不能说完全没有，一般都是把婚礼推迟到秋天……"

不知为何，文子湿润的眼睛里又溢出了新的泪水，泪水落到了腿上。她低下头，凝望着那泪痕。

"可是为什么栗本师傅要骗您呢？"

"我倒是真的叫她骗到了。"菊治说。

不过，为什么文子要为这个流泪呢？

至少，文子结婚的谎言是被戳穿了。

菊治猜疑：也许雪子确实结婚了，近子想让他疏远文子，就编造了文子结婚的谎言。

不过，他还是觉得有些迷惑。也许，雪子结婚也是个谎言。

"如果不知道雪子结婚的事真假如何，就无法断定栗本是不是恶作剧。"

"恶作剧？"

"姑且把它当成恶作剧吧。"

"可是，如果今天我没给您打电话，我也成了已婚的人了。这种恶作剧也太过分了吧。"

女仆又来招呼菊治。过了会儿，菊治拿了一封信进来。

"是你写的信到了，没有贴邮票……"他轻松地开始拆封。

"不要，不要，别打开来看！"

"为什么？"

"别打开看，还给我！"文子膝行而前，想把信从菊治手里夺过来。

"还给我吧。"

菊治迅速把手藏在后面。

文子右手夺信，左手按在了菊治的腿上。她两手的动作不协调，身体失去了平衡。为了不倒在菊治身上，她的左手在后面支撑着，右手仍然想去菊治背后抓信，尽量往前伸着。身体向右一扭，侧脸险些撞到菊治怀里，却灵活地避开了。在菊治腿上那一按，也是无比的轻柔。这样轻柔的手,是怎么支撑住向右扭又向前伸的上半身的呢?

文子摇摇晃晃,眼看着要倒过来的时候,菊治的身体一下僵住了。却没想到她是如此的轻巧,菊治忍不住要叫出声来。他感到了一股强烈的女人的气息,感觉到了她的母亲太田夫人。

文子是在哪一个瞬间躲闪开的呢?又是在哪一个瞬间变得娇弱无力的呢?那难以置信的温柔,似乎是女人本能的秘密。菊治本以为文子会重重地撞过来,但感到的却只是温暖的香气贴近了一下。

那是浓郁的香气。夏天从早到晚都在工作的女子体味本来就是浓郁的。菊治感到了文子的香气,也感到了太田夫人的香气。这是太田夫人拥抱他时的香气。

"请还给我吧。"

菊治没有再抵抗。

"我这就把它撕了。"

文子侧过身,把那封信撕得粉碎。她的脖子和露出的手臂上都汗涔涔的。

文子刚才差点倒过来,她硬是闪开了身子,脸色发青,等坐直以后脸又变得绯红,大概就是这时出的汗。

三

晚饭是从附近的餐馆叫来的,都是些老套的菜式,没什么滋味。

女仆照例拿来了菊治平常用的那个志野瓷直筒茶碗。他刚察觉,文子也看见了,说:"呀,这个茶碗您一直在用吗?"

"是的。"

"真糟糕。"

文子的声音听起来并不像菊治那么为此事觉得难为情。

"把这件东西送给您,我是很后悔的。我在信里也写了这件事。"

"哦,都说了什么?"

"把不值一提的东西送给您,觉得很抱歉。"

"这可不是不值一提的东西。"

"不算是多好的志野瓷,我妈妈平常都是用来做茶杯。"

"我虽然不懂行,但觉得这是不错的志野瓷。"

菊治说着,把直筒茶碗拿在手里玩赏。

"可是,还有好多更好的志野瓷。每次您一用到这个,就会想到别的那些更好的志野瓷茶碗。"

"我家里似乎没有这种志野瓷小茶碗。"

"纵然家里没有,您也会在别处看见更好的。然后每次一用到这个,就会想起别的茶碗,会觉得那些更好。这样子母亲和我都太可怜了。"

菊治深吸一口气,说:"我已经和茶道绝缘了,不会再去看别的什么茶碗了。"

"可是,您总会难免看到别的更好的志野瓷。可能您以前就见过更好的志野瓷。"

"你这么说,只能送给别人最好的东西咯?"

"对,"文子干脆仰起头正视着菊治,"我就是这么想的。我在信里说,请把它打碎了扔掉吧。"

"打碎?你让我把这个打碎?"菊治面对步步紧逼的文子,结结巴巴地说,"这是志野古窑烧制的,三四百年前的东西了。最初或许是用在酒席之类的场合,不是用来做茶碗或茶杯,后来用来做小茶杯,也是经历了久远的岁月。古人珍重收藏,这才把它传承下来,或许还曾经把它放在旅行茶箱里,带到远方去。可不能让你由着性子打破了。"

茶碗口还有文子母亲留下的口红印。文子母亲曾对文子说过,口红沾在了茶碗边上,怎么擦洗都去不掉。菊治拿到这个志野瓷茶碗后,也发现在碗口那里有个地方略略有些脏,确实怎么洗都洗不掉。当然,那里并非口红的颜色,而是微微透着红的淡茶色,说是褪色的口红印也未尝不可。不过,也许是志野瓷本身就微微泛红。另外,如果作为茶杯使用,嘴唇难免总是碰触同一个地方,也许是以前的茶碗主人就在碗口留下了痕迹。当然，天天用它来喝茶的太田夫人，无疑是最频繁使用它的。

菊治曾经想过：用它来做茶杯，是太田夫人自己的想法吗？抑或是菊治的父亲让她这么用的呢？

他也曾猜疑过：太田夫人和父亲是不是用了入的黑乐、赤乐茶碗，作为夫妇茶碗平常喝茶用。

父亲让她用志野瓷水罐作为花瓶，插上蔷薇和石竹花，让她把志野瓷直筒碗做茶杯用。这是把她当作美的化身了吗？

两人死后，志野瓷水罐和茶碗都来到了菊治这里。现在，文子也来了。

"我不是耍性子，是真的想让您把它打碎。"文子说，"我刚把水罐送给您的时候，见您很喜欢，就想起还有另外一件志野瓷，想把它也送给您，但后来就觉得羞愧了。"

"把这件志野瓷用作日常的茶杯，实在是可惜了……"

"可是，还有很多更好的志野瓷。您用这个的时候就会想起那些更好的志野瓷。我一想到这里，就觉得伤心。"

"你只送给人最好的东西吗？"

"这要看对方是谁，是什么场合。"

这句话让菊治思绪万千。

文子的意思是说作为太田夫人的纪念物，能让菊治想起夫人和文子的，或者说能更亲切地感知她们的纪念物，必须是无上珍品才可以吗？

只有最佳名品才能作为母亲的纪念物。义子的这种期望，菊治是能领会的。

这不正是义子最美好的情感吗？志野瓷水罐就是这一感情的证据。

志野瓷冷冽而温情的釉面，总是让菊治不由得想起太田夫人。这种回忆中，他感受不到罪孽的黑暗与丑陋，大概也有这水罐是名品的缘故吧。

望着这名品纪念物，菊治再次感觉到太田夫人是女人中的无上珍品。无上珍品是毫无瑕疵的。

雷阵雨那天的电话里，菊治对文子说，自己每次一见到志野瓷水罐就会想跟她见面。只有在电话里他才可以这么说。听了他这么说，文子就提起家里还有一件志野瓷，于是把直筒茶碗带来菊治家。

这个直筒茶碗大概果真不如那个水罐那么名贵吧。

"记得家父好像有一个旅行用的茶箱……"菊治回忆起来，"里面用的茶碗肯定没有这个志野瓷那么好。"

"是什么茶碗呢？"

"我没见过。"

"让我看看吧。肯定您父亲用的那个更好些。"文子说，"要是比不上您父亲用的那个，我就把这个打碎怎么样？"

"真危险啊。"

饭后，她一边灵巧地剔掉西瓜子，又催促说要看看那个茶碗。

菊治先让女仆去开茶室门，然后出了院子，打算去找茶箱。文子也跟了过来。

"我也不知放在哪儿了。栗本比我更熟悉情况。"菊治回过头说。

文子正好站在缀满白花的夹竹桃树荫下，树根那里露出她穿着袜子、木屐的脚。

茶箱在水房的横架子上。菊治回到茶室，把它放在文子面前。文子端正地坐在那儿，像是在等待菊治为她打开，过了片刻，她才伸出手去。

"那我打开看看了。"

"积了好多灰尘啊。"

菊治提着她解开的包袱起身，到门外抖了抖灰尘。

"水房的架子上有个死知了，都生蛆了。"

"茶室里倒是挺干净的。"

"嗯，前几天栗本过来的时候扫除过了，就是她过来说你和稻村雪子都结婚的那一天……因为是晚上，她可能把知了关在里面就走了。"

文子从茶箱里取出裹着茶碗的小包。她深深地弯下腰去，解开包上的带子。她的手指在微微颤抖。

菊治在旁边俯视着文子。她圆润的肩膀往前倾,修长的脖颈更令人注目了。

稍稍噘起的下唇,紧紧闭着的嘴,连同没有佩戴饰品的耳垂,都那么惹人爱怜。

"是唐津瓷。"文子仰望着菊治。菊治也在旁边坐下来。文子把碗放在榻榻米上,说:"这茶碗真不错。"

这是一只直筒形的小茶杯,是可以平常喝茶用的唐津瓷小茶盅。

"看着又结实,又气派,比那个志野瓷强多了。"

"这样子比较有点勉强吧,一个是志野瓷,一个是唐津瓷……"

"但是,摆在一起看看就晓得了。"

菊治也为这唐津瓷的魅力所吸引,拿过来放在腿上把玩。

"我去拿志野瓷过来对照一下。"

"我去拿吧。"文子起身而去。

志野瓷和唐津瓷放在一起时,菊治与文子蓦地对视了一下,继而目光又同时落在茶碗上。

菊治有点慌张地说:"这样子摆在一起,看上去就像是一只男茶碗,一只女茶碗……"

文子好似说不出话,只是点点头。

菊治也感觉自己的话有些怪怪的。

这个唐津瓷茶碗,没有花纹,是素色的,绿里带点黄,还透着点绛紫色。茶碗的形态刚健有力。

"你父亲出门旅行都带着这个茶碗,可见这是他偏爱的。这茶碗倒挺像他这个人的。"

文子这句话暗藏着危险,但她自己似乎没有意识到。

菊治想说志野瓷茶碗就像文子的母亲,他欲言又止。可是,摆放在这里的两个茶碗分明就是菊治父亲与文子母亲的心魂。

三四百年前的茶碗,形制刚健,不会诱发病态的妄想。只是它们似乎满溢着生命力,甚至给人官能上的刺激。

菊治把自己的父亲与文子的母亲看作两只茶碗。看到它们，感觉就像看到了两个美丽的灵魂。

而且，茶碗的姿态是现实的，摆在他和文子中间，他俩的现实也变得纯洁无垢了。

在太田夫人头七的次日，菊治曾向文子说：两人面对面似乎是件可怕的事。而现在这一罪孽的恐惧莫非被这纯洁无瑕的茶碗消除了吗？

"真美啊。"菊治喃喃自语道，"先父并非什么高雅人士，却喜欢玩赏这些茶碗，也许正是为了麻痹自己的罪孽感吧。"

"哎呀，您怎么这么说？"

"可是，一见这个茶碗，绝不会想到它的主人的坏处。父亲的寿命，也只是这个传世的茶碗的几分之一而已。"

"死就在我们脚下，好可怕！虽然脚下就是死亡，可是我总不能被妈妈的死缠绕住，我想了好多办法想摆脱……"

"是啊，如果让死者缠住了，就会感觉自己已经不在人世间一样。"

女仆拿来了铁壶之类的点茶用具。可能是他俩在茶室待得太久，她就以为他俩想喝茶吧。

菊治向文子提议：他们就在这里用一下唐津瓷和志野瓷茶碗，就当是旅行一样点茶吧。

文子柔顺地点点头，说："在把母亲的志野瓷打碎之前，我再用它喝一次茶吧。"她从茶箱里取出竹刷，去水房洗了。

夏日的天空尚未黑下来。

"权当是旅行了……"文子用竹刷在小茶碗里搅动着抹茶。

"旅行的话，是在哪里下榻呢？"

"也不一定住在旅馆。可能住在河畔，可能住在山间。可以用河谷里的水点茶，冷冽的水更好……"

文子提起竹刷，黝黑的眼飞快地瞥了菊治一眼，然后又俯视着掌上转动的唐津瓷碗。

接着，文子的视线跟随茶碗来到了菊治膝前。他感觉她仿佛也随之流向自己似的。

　　用母亲的志野瓷点茶时，竹刷总是碰到碗壁，沙沙作响。她停下手，叹了口气："好难弄啊。"

　　"因为太小搅动不起来吗？"菊治说着，看到文子的手在颤抖。

　　她的手一停下来，筒茶碗里的竹刷就再也搅动不起来了。

　　文子默默低着头，盯着僵直的手腕。

　　"是妈妈不让我动……"

　　"啊？"菊治猛地起身，抓住了她的肩膀，就像是要搀扶起中了定身法的咒语的人。

　　文子没有抗拒。

四

　　菊治怎么都睡不着。等到防雨窗的缝隙里透进光亮，他便去了茶室。洗手的石钵前的地面上，还有志野瓷茶碗的碎片。

　　大的碎片有四片。他捡起碎片，在掌中粗略拼合成茶碗的形状，只有碗口处还有拇指大小一个缺口。

　　这块碎片还是能找到的吧？他在石缝间找了一会儿，很快就放弃了。

　　抬眼望去，只见在东边的树叶间，有一颗很大的星星在闪耀。

　　这是启明的晨星，菊治已经有好多年没见过了。他寻思着，起身遥望晨星，天空飘过了浮云。

　　浮云后面，这颗星星看上去更大了。星光的边缘像是被水浸湿了样。

　　晨星如此清丽，自己却在寻找茶碗碎片，好再拼接起来。菊治觉得自己很是可怜。

　　他把手里的碎片就地扔掉。

　　昨晚，菊治还没来得及制止，文子就把茶碗在石钵上摔碎了。

　　她悄无声息地拿着茶碗出去时，菊治没有留意。

"啊！"菊治惊叫了一声。

不过，当时菊治根本顾不上在昏暗中去寻找茶碗的碎片，他扶着文子的肩膀。文子蹲在那儿，将茶碗摔破后，便向着石钵倒了下去。

"还有更好的志野瓷呢。"文子喃喃自语。

她还在为菊治可能将它与别的志野瓷对比感到悲伤吗？

后来，当菊治辗转反侧未能成眠时，他又想起文子这句话，深深感到哀切的清纯余韵。

他等到庭院里曙光初现，来院子里寻找茶碗的碎片。然而，看到晨星后，他又把拾起的碎片扔掉了。

他向天仰望，"啊"地叫了一声。星星不见了。他只是看了一眼扔掉的碎片，这一会儿的工夫，启明的晨星已消失在云层后。

菊治就像被夺去了什么似的，久久凝望着东方的天空。

云层感觉不是很厚，却无处寻觅晨星的踪影。天边被云层阻隔，与街市屋顶交界处的淡淡的一抹红愈发深了。

"不能就这么扔在这儿。"菊治自言自语，又捡起茶碗的碎片，装进睡衣的怀里。

就这么扔在那儿未免太可怜了。再说，要是栗本近子过来看见了，少不了又要说三道四。

这个茶碗是文子怎么也想不通、在绝望中摔碎的，所以菊治本想将碎片掩埋在石钵旁边的地里，不再保留。可最终，他还是用纸包起碎片，放到了壁橱里。他又钻进了被窝。

文子到底是在担心菊治拿什么来跟这件志野瓷比较呢？这种担忧又来自何处呢？菊治想不明白。

况且，无论昨夜还是今晨，他从未想过要拿什么来跟文子比较。

如今，对于菊治，文子是无与伦比的绝对存在，是他决定性的命运。

此前，他只是把她当作太田夫人的女儿来看待，现在他已经把这全然忘怀。

母亲的体态微妙地转移到了女儿身上，这一点曾诱使他沉入离奇的梦境中,而现在这种想法早已了无踪迹。

菊治终于从长久以来笼罩在自己周围的黑暗、丑陋的幕布中走了出来。

是文子纯洁的悲痛让他脱离苦海。

文子没有抗拒,只有纯洁本身在抗拒。

在外人看来,他是堕入了诅咒与麻痹的深渊,可是菊治自己反而觉得是从诅咒与麻痹中解脱了。就像一个有毒瘾的人,在最后服了极大量毒品后,反而奇迹般解毒了。

菊治去了公司,给文子的店里打了电话。文子在神田的一家呢绒批发店工作。

文子没来店里。菊治没有睡觉就出来了,他想:文子是不是到了早上还在沉睡呢?或者因为羞涩,今天不愿出门了呢?

下午他又打了一次电话,文子还没来上班。菊治跟店里询问了文子的住所。

昨天的信里应该是写有这次文子搬的新家的地址,但她把信连同信封都撕碎了,装进了口袋里。晚饭时,文子提到工作的时候,菊治记住了这家批发店的店名,然而却忘记了问她住所,就好像文子的住所已经移入了菊治体内一样。

菊治在下班回家的路上,去找文子租赁的住所,地址在上野公园的后面。文子不在家。

一个穿着水兵服的十二三岁的少女,好像刚放学回家,她从门口出来,又进去了一趟,出来说:"太田小姐今早和朋友外出旅行了,没在家。"

"旅行?"菊治反问道,"去旅行了?今早几点走的?有没有说去哪里?"

少女又进屋了,这次站在更远的地方回答:"我不太清楚,妈妈出去了……"她像是害怕菊治一样。这是个眉毛稀疏的女孩。

菊治走到街上,又回头看了几眼,分辨不出哪个是文子的房间。这是个带小院的二层楼。

死就在我们脚下——想起文子这句话，菊治手脚冰冷。

他掏出手绢擦了下脸，擦的时候，似乎血气都随之流走了。他更加使劲地擦着。手绢湿了，有点发黑。他感觉背上直冒冷汗。

"她不会去死的。"菊治对自己说。

文子让他获得了新生，她不会去死的。

可是，昨天文子的一举一动不都在率真地表明她想要寻死吗？

或许，这种率真，表明了她害怕自己跟母亲一样，是个罪孽深重的女子呢？

"就让栗本一个人苟活下去吧……"菊治犹如面对着假想敌似的说道。他吐了一口怨气，然后急忙向公园的树荫下走去。

波千鸟

常非常 / 译

波千鸟

一

去热海车站接他们的汽车越过伊豆山,不久,便朝着大海的方向画圆圈一样驶往山下。进了旅馆的庭院,从斜向的车窗可以见到,门口的灯光越来越近了。

等候在那里的旅馆经理给他们开了车门:"是三谷太太吗?欢迎欢迎。"

"嗯。"雪子小声回应。

横在门前的车内,雪子的座位正靠近门口。今天刚举行了婚礼。这还是第一次有人用"三谷"这个姓来称呼她。

略微犹豫了一下,雪子还是先下车了,然后回头望着车里,等待着菊治下车。

菊治脱鞋的时候,经理说:"房间在茶室安排妥当了,是栗本师傅之前来电话吩咐的。"

"哦?"菊治在门边低矮的木板上坐下。旅馆女仆慌忙拿来了坐垫。

近子那从心口窝一直到乳房的黑痣,犹如恶魔的手印,又浮现在菊治脑海。他正在解鞋带,一抬头,那只黑手赫然就在眼前。

去年,菊治卖了房子,处理了茶具,之后便再也没有与栗本近子见面。按理应该是疏远她了。没想到与雪子的婚事,仍然有她那只黑手在背后操纵,就连新婚旅行的旅馆房间都是照着她的指点来安排,真是出乎意料。

菊治望了一眼雪子的脸。雪子对经理的话似乎未加留意。

两人被引领着走过一道长长的游廊，向着大海的方向走去，就像潜入狭窄的隧道，也不知这隧道通向什么地方。混凝土的细长廊道有好几处台阶，中途的厢房客室犹如和服袖子连着长廊。他们走到了尽头，这里就是茶室后门。

这是个八铺席大的房间。菊治正要脱外套，后面的雪子就伸手要接过去。

"啊。"菊治嘟囔了一声，回过头去。这是她作为妻子的第一个标志性的动作。

桌子脚那里，砌了个茶炉。

"那边还有个三铺席的茶室，茶釜已经放在上面了。"经理放下两人的行李，说，"只是没什么好茶具。"

菊治愣了一下，说："那边也有个茶室？"

"嗯，包括这个大间，总共四个茶室，跟在横滨三溪园的时候布局一样，就是照原样搬过来的。"

"哦？"

不过，菊治什么都没听明白。

"太太，那边的茶室都准备好了，您随时可以用。"经理对雪子说。

雪子正在叠自己的外套，说："我们等会儿就过去。"说着，她站起身，"大海好美啊。船上还亮着灯呢。"

"那是美国的军舰。"

"美国的军舰进入热海了？"菊治也起身走了过去，"军舰不怎么大啊。"

"有五艘呐。"

军舰的中间位置悬挂着红灯。

热海街市上的灯光被小小的海角遮住了，只能望到锦浦那一带。

经理又客气了几句，跟给他们倒完茶的女仆一同离开了。

两人漫不经心地看了一会儿夜色中的大海，又回到火盆边。

"好可怜啊。"说着,雪子拉过手提包,取出一枝玫瑰,将压扁了的花瓣舒展开来。

从东京站启程时,雪子觉得抱着一大束花很害羞,就将花束递给了送行的人,只留下了这一枝玫瑰。

雪子把玫瑰放在桌上,接着,看到了桌上的贵重物品寄存袋,说:"怎么办呢?"

"你是问贵重物品……"菊治把玫瑰拿在手里,"还是问玫瑰?"

雪子望着菊治。

他说:"不,我的贵重物品太大啦,装不进袋子里,也没法寄存给别人。"

"为什么?"雪子问,接着恍然明白过来,说:"我的也没法寄存。"

"你的在哪里?"

雪子对直指菊治感到难为情,说:"在这里。"说着,她低下头看着自己的胸口,没有再抬眼。

对面的茶室里传来烧开水的声音。

"要去看看茶室吗?"菊治问。

雪子点点头。

"不过,我不大想去……"

"人家都费心布置了……"

雪子从后门进去,遵照茶道礼仪先看了看壁龛。菊治则站在门口的榻榻米上,如发泄心中怒气似的说:"说什么费心,安排在这里,不也是栗本的意思?"

雪子回头看了一眼,在炉子前面坐下。她坐的是点茶的座位,膝盖朝向炉子,端坐在那里一动不动,像是在等待菊治接下来的话。

"本来我不想说这个话,可是刚才听到栗本的名字,我是大吃一惊。那个女人,我的罪业、悔恨,全都跟她搅在一起……"

雪子像是点头表示应和。

"栗本现在还常到你们家去吗?"

"去年夏天,她惹得父亲大发雷霆,之后便好久没上门了。"

"哦。"

雪子记了起来,又说:"肯定是那个时候吧,师傅又过来提另一桩亲事,父亲就发火了,说:'我只想听一个媒人说一门亲,那家不行,又提这家,我家小女恕不奉陪。别老想着愚弄我。'后来回想起来,我挺感激父亲的。我能嫁给你,父亲那时的话帮助很大。"

菊治沉默着。

"师傅也不服软,说你是中邪了,还讲了太田夫人的事。真讨厌。听了那些话,我浑身直打哆嗦。这么讨厌,自己怎么还止不住哆嗦呢?后来才明白,这是因为我还是想嫁给你。然而那个时候,我在父亲和师傅面前直打战,心里酸楚极了。也许父亲看到了我的脸色不好,就说:'凉水热水都好喝,不凉不热最难喝。既然已经介绍女儿跟三谷先生认识了,还是让她自己决断吧。'就这么着把师傅给打发走了。"

传来了向浴盆里放水的声音,估计是照管浴室的人来了。

"尽管心里酸楚,可我还是自己做了决断。师傅的话,我不想记挂在心上。现在我坐在这里点茶,心里也没什么波澜。"说着,雪子抬起脸,眼睛里映出小小的电灯,泛红的脸颊和嘴唇也都明艳照人。菊治望着她熠熠生辉的脸,心里感到庆幸,这竟是自己亲爱的人。和这美丽的火焰接触的时候,体内便充盈着不可思议的温情。

"你那时系的是绘有菖兰的腰带,所以应该是去年五月的事儿。那次你到我家茶室来,我感觉你是永远遥不可及的彼岸之人。"

"我那时看你一脸愁容,感觉很辛酸的样子。"雪子微笑着说,"你还记得那条菖兰纹的带子啊?那条菖兰纹的带子也放进行李箱了,到时候带回家去。"

雪子对自己和菊治都使用了辛酸这个词。不过,雪子辛酸的时候,菊治正在两眼充血,到处寻找文子的下落。他意外地收到了文子从九州竹田町写来的一封长信,便去竹田町找她。时隔一年半,直到现在文子都不知去向。

信中是绵绵不尽的倾诉，恳请他忘掉母亲和她自己，同稻村雪子结婚。这成了她给菊治的诀别信。她现在成了永远遥不可及的彼岸之人，与雪子互换了位置。

遥不可及的彼岸之人，也许在这个世上并不存在吧，自己也不该随便说这种话，菊治想。

二

回到八铺席间，他们发现桌上有一本影集。

菊治打开一看，说："哟，是这个茶室的照片啊。我还以为来这里新婚旅行的影集呢，有点儿意外。"说着，他望了一眼雪子。

影集的开头贴着有关茶室由来的简介——这个寒月庵最初是"江户十人众"之一的河村迁叟[1]的茶室，后来迁至横滨的三溪园。由于遭受空袭，墙倒屋塌，门窗炸飞，地板损毁。凄惨之容，不忍目睹，朽坏之状，难以再用。最近才把这处茶室搬到这家旅馆的庭院里。因为是温泉旅馆，所以在增设浴室之外，格局悉如往日，且尽量使用原有可用之木材。战后燃料不足，邻舍人家曾将荒废茶室的木材取作柴薪，故而一些柱子上还残留着刀砍的痕迹。

"这个茶庵，连大石内藏助[2]都来过呢。"雪子边读边说。

这应该是由于河村迁叟常常出入赤穗藩的缘故。另外，迁叟所持有的"荞麦茶碗"[3]，被称作"河村荞麦"而流传下来。这种茶碗一侧淡青釉，另一侧淡黄釉，两侧景色各异，款识为"晓空残月"。

还有几张三溪园遭轰炸后成为废墟的照片，接着是迁移至此后，从

---

[1] 江户十人众指江户的十个富商。河村迁叟，本名传兵卫。

[2] 大石内藏助（1659年—1703年）：又名大石良雄，元禄年间著名的为赤穗领主报仇的"赤穗义士"（四十七刺客）之一，是赤穗藩的首席家老。

[3] 荞麦茶碗：因颜色近似荞麦面而得名。

动工到落成庆祝的茶会的照片，依次排列。

如果说大石良雄曾来过这个茶庵，那么这个茶庵最晚在元禄年间已经建成。

菊治四下瞧了瞧房间。这里几乎都是新木材。

"刚才那个小茶室的壁龛的柱子，好像是原来的。"

两人在三铺席间的时候，女仆过来关上了防雨窗，大概就是在那时把茶室的影集放在这儿的。

雪子翻看着影集，说："你不换一下衣服吗？"

"你呢？"

"我穿的是和服，就这样吧。你去洗澡的时候，我把人家送的点心、礼物什么的先拿出来。"

浴室里是新鲜的木香，从浴盆到冲澡板，到墙壁、天花板，木板的颜色都很柔和，带着优美的直木纹。

能听到女仆在长廊里说话的声音。

菊治从浴池回来时，雪子不在房间里。

八铺席间里，睡铺已经铺好，桌子也挪到一边。应该是女仆做这些的时候，雪子去了刚才那个三铺席间。

"炉火就这样不用管吗？"雪子在那边问。

"好啊。"菊治答着，雪子马上过来了。她似乎不知该往哪里看才好，只是面对着菊治。

"舒服吗？"

"你问这个？"菊治瞅了瞅自己身上，他在旅馆的棉浴衣外面又罩了一件和服外褂。

"你也进去泡个澡吧，挺舒服的。"

"嗯。"雪子去了右手的三铺席间，从旅行包里拿了东西，又开了八铺席间的隔扇坐了下来。她把化妆盒放在后面的走廊里，不知怎的手扶在地上，红着脸微微施了一礼，接着将戒指摘下来放在梳妆台上，出去了。

她这一施礼,实在出乎意料。菊治差点"啊"地叫出声来,觉得雪子实在惹人怜爱。

菊治站起身,望着雪子的结婚戒指。他把戒指还放在原处,只取出那一粒墨西哥蛋白石,回到火盆旁边。电灯的光芒下,宝石里面闪耀着红、黄、绿的小小火焰,动一动,亮光消失了,可接着又回来了。这透明的宝石中闪烁、摇曳的亮光,让菊治看得入迷了。

雪子出了浴室,又转回右手的三铺席间。

八铺席间的左手边,相隔狭窄的走廊,是两间分别为三铺席和四铺席半的茶室,右边还有个三铺席间。女仆就把两人的旅行包放在右手边这个三铺席间里。

雪子在那边叠了一阵子衣服,说:"我把这里拉开一点吧,有点害怕。"说着,她起身将菊治所在的八铺席间与三铺席间的隔扇拉开了一尺左右。

菊治也留意到了,这里跟主房隔着八九米的距离,偌大的房间只有他们两个住。望着照到雪子那边的亮光,他问:"那边也是茶室吗?"

"应该是吧。有个圆炉,就是在地板上嵌了一个圆铁炉子……"

随着她的答话声,菊治从隔扇的那一头,可以看见雪子正在叠的和式衬衣的下摆在动。

"是千鸟啊……"

"是啊,千鸟是冬天的鸟,因此染印了这个纹样。"

"这个叫波千鸟吧。"

"波千鸟?是说碧波之上、千鸟飞翔的意思吗?"

"应该叫夕波千鸟吧,有首和歌是'淡海夕波兮千鸟鸣……'[1]"

"夕波千鸟?就是说把碧波之上千鸟飞翔的纹样叫波千鸟是吧?"

雪子慢悠悠地说着。染有千鸟纹样的下摆被她一下叠起来,看不到了。

---

[1] 千鸟是鸻科鸟类的通称。所引和歌来自柿本人麻吕所著《万叶集》第266首:"淡海夕波兮千鸟鸣,动我思绪兮发幽情。"

三

菊治蓦地醒来，是因为由旅馆上方经过的火车声吗？

较之天刚黑的时候，车轮轧轧声更近了，汽笛呼啸声也更嘹亮高亢，可知已是夜半时分。

这响声还不到将人吵醒的地步。与其说他为自己醒来而吃惊，倒不如说他为自己居然睡着了感到奇怪。

他比雪子更早进入梦乡。

不过，听到雪子宁静的呼吸声，他的心也松弛下来。

雪子是因为婚礼前后的忙碌带来的疲惫而入睡的吧。婚期越是临近，菊治便越觉得动摇、悔恨，夜夜难眠。雪子肯定也曾辗转反侧过吧。

雪子会睡在自己身边，真是难以置信。可是，雪子身上的暗香，此刻正缭绕在空气中。

不知是香水还是雪子自己的体香，加上雪子的呼吸，她的戒指，她衣服上的千鸟纹样，这所有的一切，菊治感觉都是属于自己的了。哪怕在半夜因不安而醒来时，这种亲切感也没有消失。这还是他第一次体味到这样的情感。

然而，菊治没有勇气开灯好好打量一下雪子。他拿起枕边的手表去了洗手间。

"已经五点多了啊。"

他对在太田夫人和文子身上感受到的那种自然而然毫无抵触，为何到了雪子身上就变得可怕而异常了呢？是因为良心的抗拒，还是自己面对雪子自惭形秽，抑或是自己依然被囚禁于对太田夫人与文子的思念里呢？

栗本说，太田夫人是个有魔性的女人。就连今晚他们下榻的房间似乎也是近子指定的，这让菊治感到不自在。

他怀疑雪子穿着还不习惯的和服来旅行，也是近子的意思。睡觉前，他不动声色地问雪子："出来旅行，怎么没有穿西装呢？"

"说是今天这种日子，穿西装的话，会有点儿煞风景。再说，我们刚认识的时候，两次见面都在茶室，也都是穿的和服啊。"

他没有再问是谁说的这话。他又想：恐怕就连为了新婚旅行准备的和服衬衣上的千鸟纹样，都是栗本近子让雪子染上的呢。

"刚才提到的那首夕波千鸟的和歌，我很喜欢。"他岔开了话题。

"什么和歌？"

菊治快速地把那首人麻吕的和歌念诵了一遍。

他轻柔地抚摸着新娘的背，不由自主地说："啊，能娶到你真是三生有幸！"

为了不让雪子受到惊吓，菊治对她极尽温柔。

哪怕在凌晨五点醒来的不安与焦虑中，菊治仍强烈地觉得遇上雪子实在是万幸。雪子宁静的呼吸，若有若无的暗香，让他感到甜蜜而温馨，似乎得到了饶恕。也许这是自私的陶醉吧，然而只有女性才能宽宥罪大恶极之人。说是一时的感伤也好，说是一种麻痹也好，但这确实是来自异性的救赎。

即使明天雪子与自己分手，他也会一生对她感激不尽。

不安与焦虑缓和下来后，菊治又感觉到孤寂了。雪子也曾因为自己的不安与犹豫不决而惶恐过吧。但是，菊治不能够叫醒她、再次拥抱她。

波涛之声不时传来。他本以为自己一直到天亮都不会再睡着，结果又不知不觉中入眠了。醒来时，隔扇上一片阳光灿烂。雪子不在屋里。

莫非她逃回本家了？菊治惶恐地想。已经九点多了。

他打开隔扇，见雪子在外面的草地上，抱着腿面向大海。

"我睡过头了，你几点起来的？"

"大概七点吧。好像听到经理来烧开水，我就醒了。"

雪子回过头，脸红着。她今早换上了西装，还别上了昨晚的红玫瑰。菊治顿时放下心来。

"这枝玫瑰还没有枯萎哪。"

"昨晚我去洗澡的时候,把它放在洗手间的玻璃水杯里了。你没留意?"

"没有,"菊治回答,"你今早洗过澡了吗?"

"嗯,我先起来,也没什么事可干。没办法,就开了防雨板,从这里出来了。那时美国军舰正在往回开,听说是晚上过来玩,早上回去。"

"军舰也会过来玩,听着有点怪呢。"

"是来打扫院子的人这么说的。"

菊治打电话给账房说自己已经起床,然后去洗了澡,又来到草地上。天气温暖得让人想不到这是十二月中旬。用完早餐,他们坐在走廊上,面对着暖阳。

大海闪着银色的光,一眼望去,光照之处随时在移动。从伊豆山到热海一带,小小的海岬一样的岩礁刺出水面,一个又一个。海浪涌向岩脚,光影变幻莫测。

"就像群星显现那样闪耀呢,看那下面的海,那边——"雪子指了一下,"就像是星彩蓝宝石似的……"

确实,眼下的海面就如星光闪烁,明明灭灭的光群在海面此起彼伏。近处的波光是一道道分开的,远方海面的波光则连成一片,如镜面一般,又如群星聚集在一起。凝望过去,远处也有光群在涌动。

茶室前的草坪很窄小,下去一段路,就会在草坪一端看见色彩斑斓的夏橘枝条纵横。这片缓缓倾斜的坡地一直延伸到海边,海边伫立着一列松树。

"昨晚,我看了好一阵子你那个戒指上的宝石,好美啊……"

"这里的波光跟蓝宝石、红宝石都很像,最像钻石的光了。"

雪子看了一眼自己的戒指,又凝望着大海的粼粼波光。

正是适合谈论宝石的景色,也许两人在这样的时光最适合谈论这个。可是,这样的幸福,却无法平息菊治心底的烦忧。

菊治已然卖掉了父亲的房子,带着雪子到一个简陋的新家去住。虽说无妨,可要建立新家的话,他似乎仍未进入结婚状态。要是谈起彼此的往事,不触及太田夫人、文子、近子,那就是不够坦诚。无论将来还是过去的事都说不得,菊治只能聊一点此时此地的话题了。

雪子是怎么想的呢?她鲜妍明媚的面容看上去无拘无束,这是在体谅菊治吗?也许是因为在新婚初夜她感受到了菊治对她的体贴照顾吧。

菊治镇定不下来,想要动一动。

他们在这个旅馆已经订了两晚,于是二人去了热海饭店吃午餐。餐厅的窗边立着破损的芭蕉叶,对面有一丛苏铁。

"我小时候曾经跟爸爸来这里过新年。苏铁还是那时候的老样子,一点没变。"雪子四下观望着面朝大海的庭院。

"我父亲也常来这里,我那时要是也跟着过来,估计就能见到小时候的雪子了吧。"

"才不要呢。"

"小时候能见面的话,不是很有趣吗?"

"可是,要是那时候见了面,说不定咱们就结不了婚了。"

"为什么啊?"

"因为我小时候更机灵啊。"

菊治笑了。

"父亲常常这么讲:'你啊,小时候还机灵,越长越笨了!'"

从雪子的话里,菊治能想象得到在她的四个姐妹兄弟中,她父亲是何等宠爱与喜欢她。她那聪慧的眸子依旧顾盼生辉,小雪子的面影宛在眼前。

四

从热海饭店一回来,雪子马上给母亲打了电话。不过,并没有多少话要说。

"妈妈不太放心,问我们怎么样了。你要过来接电话说一两句吗?"

"不用了,替我向她问安吧。"菊治立刻谢绝了。

"哦？"雪子回头看了菊治一眼，"妈妈向三谷君问好，说，请多保重……"

从一开始菊治就明白，房间里虽然有电话，但是雪子并没有打算背着他向母亲倾诉。

然而，是什么事让雪子的母亲放心不下呢？是出于女性的直觉，还是新婚旅行的次日，新娘就打电话回去，以至于让她母亲担忧了呢？菊治无从知晓，不过，倘若新娘完全沉浸在丈夫的柔情蜜意里，也许就羞得不想打电话了。

四点多的时候，有三艘美国的小型军舰驶入。网代周边遥远的天空上，漂浮着几朵微云，后来化作雾霭，海上如春日的黄昏一般朦胧，军舰缓缓移动着。哪怕它们运载的是饥渴的情欲，看上去也像是模型船一样平静。

"军舰真的是来玩的啊。"

"今早我起床时，昨晚的军舰正在开回去，"雪子说，"我当时没事可做，就望着它们一直远去。"

"在我起来之前，你就这么等了两个小时？"

"似乎还要更久一些。我在这里感觉有种说不出的快乐，想着等你起来了，有很多话想跟你说。"

"想说什么呢？"

"都是一些漫无边际的话。"

天还亮着，驶入的军舰却又点上了灯。

"比如，咱俩怎么就结婚了呢？我想听听你的意见。要是能聊聊这些，我会觉得很开心。"雪子说。

"这样的事谈不上什么意见吧。"

"是这么说，可是如果回想一下，怎么这个女孩子就嫁给我了呢，不是很有趣吗？我想到这些就觉得开心。为什么你要说我是遥不可及的彼岸之人呢？"

"去年的时候，你来我家茶室时，用的跟现在是同样的香水吗？"

"嗯。"

"那一天,我就感觉你是永远遥不可及的彼岸之人。"

"啊?是因为讨厌这种香水吗?"

"才不是呢。我第二天,想着茶室里还残留着你的香气,还又特意去闻了闻……"

雪子愕然望着菊治。

"总之,当时我把你当成遥不可及的彼岸之人,是想永远地放弃,断了这份念想。"

"你这么说我好伤心啊。我明白你这样是为了别人,可现在我只想听和我有关的话。"

"那是一种向往……"

"向往?……"

"姑且这么说吧。也许向往与断念两者兼有……"

"你说向往什么的,真让我意外。说到我自己,本来也想断了这个念想,可说不定这也是种向往呢。不过,我当时脑子里并没有出现断念或向往这样的词语。"

"向往这样的词,是罪人才会用的吧。"

"你又在说别人的事儿了。"

"不,我这不是说别人的事儿。"

"没事,就连我自己也想过,哪怕对方是有家室的人,自己兴许也会爱上呢,"雪子说着,眼睛里闪着光,"不过,向往什么的,我觉得好可怕,别再说了吧。"

"嗯。昨晚我感到你的香气都成了我的,觉得很不可思议。"

"……"

"不过,那种向往的感觉并没有消失。"

"恐怕很快就要失望了吧。"

"绝对不会。"菊治断然否定。因为他对雪子怀着深深的感激之情。

雪子大为触动,有气势地说:"我自己也绝对不会失望,我发誓!"

然而，再过五六个小时，自己不是又要面对雪子的失望了吗？雪子暂时还不知道这种失望，或许还只是停留在困惑的阶段，可菊治自己怎能感觉不到这种寒冷的失望呢？

不单单是由于害怕那件事，相比昨晚，菊治睡得更迟了，一直与雪子谈到深夜。雪子也比昨晚对他更亲近了，谈到兴头上，还随手沏了粗茶。

菊治在浴室刮胡子。刚擦上剃须膏，雪子也来到镜台旁边，用手指沾了点剃须膏，说："我爸爸用的剃须膏，都是让我给他买的。"

"也给我买一样的吧。"

"还是用不一样的好。"

接着，她拿出今夜用的睡衣放在腿上，照旧施了一礼，去了浴室。

"晚安。"她轻轻手扶着地，整理了衣服下摆，灵巧地钻入了自己的被窝。这宛如少女般清纯的姿态，让菊治心里很是震动。

然而，在黑暗之中，菊治闭上颤动的眼，又想起那时文子毫无抗拒、只有纯洁本身在抵御的情景。这是卑劣、污浊的挣扎。借助这些践踏了文子纯洁的痴心妄想，他羞辱了雪子的纯洁。多么恶毒的念头啊。可是雪子清纯的举止，既让菊治痛苦，也更激发了他对文子的回忆。这也是个不争的事实。

而且，对于文子的回忆，又让菊治难以遏制地想起太田夫人那女性的浪潮来临时的情景。也许是魔性的咒语，也许是人的本性使然。可不管怎么说，太田夫人已死，文子也下落不明，而自己与雪子两人只是相爱，没有憎恨。现在让菊治如此凄惶的，究竟是什么呢？

自己会沉醉于太田夫人的女性的浪潮，这固然让他悔恨，可是他感到自己体内也有什么麻木了，这令他很是惊恐不安。

忽而，雪子那边传来头发摩擦枕头的声音。

"说点什么吧。"雪子说。

菊治大吃一惊，心怦怦直跳。

就像用罪人的手轻轻抱住了圣处女，菊治禁不住热泪上涌。

雪子温柔地把脸埋在菊治怀里，过了一会儿，啜泣起来。

菊治压低了颤抖的声音问："怎么了？什么事这么伤心？"

"我没有伤心，"雪子摇着头说，"虽说我一直都是喜欢你的，可从昨天开始，我却感觉更爱你了。一想到这儿，我就哭了。"

菊治抚摸着雪子的下巴吻她，也不再掩饰自己的泪水。关于太田夫人和文子的妄想在这一瞬间烟消云散。

为什么就不能同这纯洁的新娘，清清静静地过几天日子呢？

五

第三天，天气温暖，大海风平浪静。雪子起了床，梳洗完毕。

今早她从女仆那儿听说，又有六对新婚夫妇来旅馆住了。不过由于他们的茶室靠近大海，远离主房那边，所以没听到嘈杂的人声。小提琴伴奏着的歌声也没有传到他们这儿。

不知怎的，一直到午后，今天的阳光都没有再让海面出现群星闪耀的场景。不过，在昨天群星闪耀之下的海面上，出现了七艘渔船，最前头的船"噗噗噗"喷着蒸汽拖曳着后面的六艘船，这六艘船按大小顺序依次排开。

"看上去就像一家人哪。"菊治微笑着说。

旅馆送给他们两双夫妻筷子，用粉色的日本纸包着，上面有折鹤的图案。

菊治想起他们最初见面的事，问："那个有千只鹤的包袱皮带过来了吗？"

"没有，带来的东西全都是新的，挺不好意思。"说着，雪子美丽的双眼皮一直红到了眼角，"现在的发型也跟以前不一样了啊。不过，别人给我们的贺礼中，也有带着鹤图案的东西。"

快三点的时候，他们乘上了开往川奈的车。

网代港口里驶入了很多渔船，有的漆成了白色。

"现在大海的颜色跟粉色的珍珠好像。"雪子回望着热海的方向说。

"粉色的珍珠?"

"嗯,我有一套粉色的珍珠耳环和项链。要拿出来给你看看吗?"

"到了旅馆再说吧。"

热海的山峦上,皱襞的暗影越发幽深了。

迎面跑来一个男子,拉着一辆载着柴火的板车。他的妻子就坐在柴火垛上。

"好想过这种生活啊。"雪子现在已经有了只要跟心爱的人在一起,胼手胝足也无所谓的念头了吗?想到这儿,菊治有些难为情。

小鸟成群结队,在海岸边一排排松树间往来飞翔。鸟儿的速度几乎快赶上汽车了。当然,还是汽车更快一点。

雪子发现今早从伊豆山的旅馆下面出海的七艘渔船,现在又来到了这里。仍然是从大到小依次排列,如同一家人一样和和睦睦,由领头船拖到了近岸处。

"它们就像是赶来跟我们见面似的。"

雪子现在喜形于色,哪怕对这样的船也有一种亲近感,这让菊治也轻松不少。足以铭记一生的幸福时光,也不过如此吧。

去年,从夏天到秋天,菊治一直都在寻觅文子的下落。正不知是精疲力尽还是精神恍惚之际,雪子独自一人姗姗来访。菊治当时就像身处黑暗中的人望见了阳光一样,既感到目眩神迷,又迷惑不解。雪子虽然矜持克制,但从这以后也会不时上门。

不久,菊治收到雪子父亲的来信。信中说:"小女多蒙照顾,不知有无结婚的打算?此前也曾通过栗本近子谈及此事,我本人和她母亲都希望女儿嫁给她中意的人,缔结良缘。"这封信说明她父母不太放心两人的交往,对菊治有戒备心,不过同时也可以说是父亲代女儿转达心意。

从那时到现在已经有一年了,菊治一直在等待文子和想娶雪子的矛盾中彷徨。不过,每逢他想起太田夫人,想起自己为了追寻文子而悔恨、沮丧之时,都会想到于晨昏之际的天空浮现出翩翩起舞的白色千只鹤,那就是雪子。

为了观赏拖船,雪子靠到菊治身边,之后也没有回到原来的座位。

到了川奈旅馆,他们被领到三楼尽头处的房间。房间的两面没有墙,是视野空阔的玻璃窗。

"在这里一望,大海成了圆的啦!"雪子兴致勃勃地说。

水平线在天边画了一道平缓的圆弧。

草坪中游泳池的对面,有五六个女子捡球员。她们穿着浅蓝色制服,肩上背着高尔夫球杆袋,走了上来。

由西边的窗,可以看到富士山的高尔夫球场。

他们想走到宽阔的草地上去。一出门,菊治就背过身去,叫道:"好大的风啊!"

"吹点风不要紧的,咱们走吧。"雪子使劲拉住菊治的手。

回到房间,菊治去了浴室。雪子趁着这会儿工夫梳理了头发,换了件上衫,准备去餐厅。

"要戴上这个吗?"她拿出珍珠耳环与项链给菊治看。

晚饭后,他们在阳光房里待了一阵子。这是个向庭院突出的大房间,由于是工作日,只有菊治他们两个。房间四周挂着窗帷,在前方半圆那头摆着一对盆栽,里面是名为少女椿的山茶花。

此后他们又来到大厅,坐在壁炉前的长椅上。壁炉里是大块的劈柴,烈火熊熊燃烧着。壁炉上方也有一对盆栽,里面绽放着大朵的君子兰。长椅后面的花瓶里,是早开的红梅,冷艳动人。高高的天花板是英国式的木架结构,看上去很稳重。

菊治倚靠在皮椅上,久久凝望着壁炉里的火焰。雪子也一动不动,像是出神了。炉火把脸颊烤得暖暖的。

回到房间时,已经拉上了厚厚的窗帘。

房间虽说宽敞,但只是单间,雪子只好去浴室换了衣服出来。

菊治还是穿着旅馆的浴衣,坐在椅子上。雪子换上睡衣,不经意地站在菊治面前。

这件睡衣是在锈红色的底子上缀着碎白花、适合做成西装的新款式样，好像是元禄袖[1]，给人感觉自由、随意，穿在身上有些孩子气。雪子的腰上系了一条绿色软缎的窄腰带，如同一个西洋玩偶。红色的衬里下面露出了雪白的浴衣。

"好可爱的和服啊，是你自己设计的吗？是元禄袖？"

"跟元禄袖稍稍有点不一样，是我随便做的。"雪子说着走向梳妆台。屋里只留了梳妆台的灯，他们在半明半暗中入眠。

"咚"的一声巨响，菊治猛地醒过来。风在呼啸，庭院的尽头是断崖，是大浪冲击断崖的声音吗？

他望向雪子那边。她没在床上，而是站在窗边。

"怎么了？"菊治起身走过去。

"突然'咚'的一声，让我心惊胆战的，海里面也有桃红色的火光。你看……"

"那是灯塔吧。"

"我吓得醒过来，担心得睡不着，从刚才开始就起来看……"

"可能是浪涛声吧。"菊治把手搭在雪子肩上，"你该把我叫起来的。"

雪子就像让大海摄去了魂魄一样，喊道："看！又在闪桃红色的火光了！"

"那是灯塔吧。"

"虽说那里有灯塔，但是那火光比灯塔的要大，而且是猛地亮起来的。"

"那是浪涛声吗？"

"不大一样。"

尽管有点像浪涛拍打断崖的声音，可是大海在一弯弦月清冷的光照下，黑沉沉的，悄无声息。

菊治看了一阵子。确实，灯塔的闪烁与桃红色的闪光并不一样。桃

---

[1] 元禄袖：一种袖子较短、袖兜成圆形的和服。

色的闪光间隔更久，也不规则。

"原来是大炮啊，不会是海战吧？"

"嗯，应该是美国的军舰在演习。"

"可不是，"雪子也恍然明白过来，"把我吓坏了，提心吊胆的。"她的肩膀松弛下来，菊治抱住了她。

冷月照耀的大海上，风呼啸不已。远处的桃色火光闪过之后，便是一阵轰鸣。菊治也觉得毛骨悚然。

"这样的夜里，一个人看这样的场景，可不成啊。"

菊治用力抱起了雪子。雪子羞怯地抱住菊治的脖子。

沁入骨髓的悲哀向菊治袭来，他结结巴巴地说："我、我啊，我并不是无能，不是无能啊。实在是那羞惭的记忆，背德的记忆，还是没有放过我啊！"

雪子如同昏厥过去一般，沉重地倚靠在菊治怀里。

别离之旅

一

新婚旅行归来,菊治在烧掉去年文子给他的信之前,又从头到尾读了一遍。

信是在前往别府的小金号船上写的,那天正是十月十九日……

你是不是在找我呢?就当我已经下落不明了吧,请原谅。

我已决定不再跟你见面,因此,这封信也不想寄出的。即使寄出去,也不知是什么时候。我现在正前往父亲老家的竹田町,不过,这封信到达你手中的时候,估计我已经不在竹田町了。

父亲是二十年前从故乡出来的,我对竹田町可以说一无所知。

　　四面岩山环绕中,独坐竹田町,秋来潺潺听水声
　　天然一座石头城,往来竹田町,出入山洞一蹊径
　　竹田山洞门内外,故人今何在,芒草一片白皑皑

我是借着与谢野宽和晶子夫妇的《久住山之歌》还有父亲的话,在心里描绘竹田町的样子的。

现在,我要前往这个人生地不熟的父亲的故乡了。

久住町有位歌人,是父亲童年时的老相识。他写过这样的和歌:

故乡之山仁者心，望之使人亲，驻足静听流水音
　　无边芳草碧连天，又是三月三，儿时故乡可依然
　　怅恨伶仃只一身，飘飘何所似，久住山头一浮云
　　悖逆之心何时消，思君令人老，唯愿早得平安报

这些和歌使得父亲的故乡对我有着很强的吸引力。

　　一见倾心久住山，逡巡不敢前，宛如得见大师颜
　　箪瓢屡空常束手，清风拂两袖，借问此山何所有
　　不知行踪在何处，上下苦寻觅，久住山头锁云雾

这些与谢野宽的和歌，也让我向往久住山（又写作九重山）。

我虽然在前面也抄写了《悖逆之心》这首和歌，但我对你并没有"悖逆之心"。真要说有悖逆之心，那也是对我自己，或者说是对于我的身世遭遇而言。而这与其说是悖逆之心，不如说悲切之心。

再说，从那以后已经三个月了，我对你只有祈福，"唯愿早得平安报"。我不该给你写信的，这些话本来是写给我自己的，只是借用了你的名义。也许写完了就会把它扔到海里。也许这是永远也不会写完的信。

侍者将大厅的窗帘一一拉上了。大厅中除我之外，还有两对年轻的外国夫妇，他们坐在另一头。

我是一个人旅行，因此订了头等舱。我不想跟很多人挤在一起。头等舱是两人间，同室的乘客是别府观海寺温泉旅馆的老板娘，照顾嫁到大阪的女儿坐完月子，现在要回去。

"在大阪根本睡不好觉，我想好好地睡一觉，这才坐上了船。"她说。从餐厅回来，不一会儿她就上床睡觉了。

我们这艘小金号从神户港出发时，有一艘叫"苏伊士之星"的伊朗船进了港，这艘船形状很奇特。

"大概是一艘客货两用船吧。"那位老板娘说。我想：连伊朗的船都

开到这里来了吗？

随着我们的船驶出港口，神户的街市与山峦渐渐沉浸在一片暮色苍茫里。又进入昼短夜长的秋天了。晚间，海上保安官的广播会提醒大家注意安全。船内严禁赌博，一经发现，输家也要受罚……

"今天有迹象表明，很可能会有人参与赌博……"

估计三等船舱的乘客里有赌棍吧。

温泉旅馆的老板娘睡了，于是我去了大厅。两对外国人中，有一个日本女子，看上去应该是结婚了。她的丈夫不像是美国人，更像是欧洲人。

蓦然间，我脑子里冒出一个念头：不如索性嫁给外国人，到遥远的异国他乡去。

"这是在胡思乱想什么啊？"我吃惊地对自己说。虽说是坐船，可居然想到结婚这种事儿上去，实在是始料未及。

那个女子像是良家出身，总是在竭力模仿西洋人的表情、动作。即使模仿得并不拙劣，可在我看来未免有点矫揉造作。大约她觉得能嫁给西洋人是一种荣耀，才会有这样的举止吧。

可是，在这三个月里，究竟是什么让我动心了呢，我不明白。我一想起在你家茶室前的石钵那里打破志野瓷茶碗的事，就觉得羞愧不已，简直无地自容。

我当时说"还有更好的志野瓷"，也确实是那么想的。

我把那个志野瓷水罐送给你，作为母亲的纪念品，你很高兴地接受下来。于是我一时心血来潮，也想把这个筒茶碗送给你。可后来又想到还有更好的志野瓷茶碗，就觉得坐立不安、难以忍耐。

"你只能送给人最好的东西吗？"当时你问。我相信，这个"人"，仅限于菊治你啊。我只是一味地想让母亲在你心目中的形象更美好一些。

除了让母亲的形象更美好之外，在那时，无论是已经死去的母亲，还是苟活于世的我，都已经无可救药。在那种紧张的心情中，或者说像是中了邪的状态下，我把一个并非上佳的茶碗送给了你，此后已悔之晚矣。

时隔三个月的今天，我的心境已然改变。是美梦破碎了吗？还是从噩梦中醒来了呢?我不知道。但在那个志野瓷茶碗被打破时,我感觉母亲还有我们的一切都与你诀别了。打碎志野瓷茶碗让我感到羞耻,但也未必不是一件好事。

"茶碗口还沾有母亲的口红印……"那时我提到这事,感觉是一种疯狂的执念。

由此还想到另外一件事,对之我抱着可怕的回忆。那还是父亲在世的时候,栗本师傅来我们家。我记不清是不是因为提到长太郎还是谁,父亲取出一只黑乐茶碗。

"啊啊,发霉得好厉害,没有保存好啊。大概用过后没洗就放起来了吧。"师傅皱眉说。茶碗一面的颜色就像腐烂的菖兰一样。

"用热水都洗不掉。"她把湿茶碗搁在腿上,直勾勾地盯着看,猛地把手伸进头发里抓了抓,然后用沾了油渍的手在茶碗里抹了一圈。发霉的痕迹消失了。

"啊,这回可干净了,您瞧瞧。"师傅得意地说。可是父亲却没有伸手出去,说:"你这样弄可真脏,让人看了恶心,好讨厌。"

"我再好好洗洗。"

"再怎么洗,都觉得恶心,我不想再用它来喝茶了。你要是想要就送给你吧。"

儿时的我坐在父亲旁边,还记得他厌恶的神情。

听说师傅后来将这只茶碗卖掉了。

我觉得女人的口红印迹留在茶碗口,同这件事差不多,都让人觉得讨厌。

请忘记母亲和我,与稻村雪子小姐结婚吧。

二

在别府观海寺温泉,十月二十日……

乘火车经大分去竹田的话，会更快一些，不过我想"近观"一下九重群山，就选择了如下的路线：翻过别府背面的由布岳山麓后，从由布院乘火车到达丰后中村，进入饭田高原，越过山岭再往南走，从久住町前往竹田町。

竹田虽说是父亲的故乡，对我而言却是陌生的小镇。对于现在已然父母双亡的我，他们会如何迎接呢？

父亲曾经这样讲：这里是他心灵的故乡。也许正如与谢野宽夫妇所写的和歌那样，这里是个群山环绕、峰峦叠嶂，要从石头山洞出入的小镇。

倘若母亲还在世，她大概会跟我详细地讲讲这里。据说，父亲仅仅带她来过这里一次，那是在我出生以前。

关于你父亲和我母亲的事，我后来在心里宽宥了他们。当时，我感觉似乎背叛了自己的父亲。只是，为何我会被这个对父亲来说是故乡、对我而言却是异乡的小镇所吸引呢？这个既是故乡也是异乡的小镇，已经成了我魂牵梦萦的地方了吗？在父亲的故乡，有可以让母亲和我赎罪的泉水吗？

异域归来在乡关，叩见尊亲颜，仰望巍峨久住山

这也是《久住山之歌》里的一首。

我想：在我宽宥你父亲和我母亲的时候，也许就已经埋下了此后母亲和我罪孽的种子。那简直就像咒语紧缚住你，让你苦不堪言吧？然而，无论什么样的罪孽还是咒语，都有个期限。我觉得在我扪破志野瓷茶碗之时，这一切就都终结了。

我只爱过两个人，一个是母亲，一个是菊治。听我这样说，你也许会感到惊诧吧。就连我自己也为此吃惊呢。然而我想，如果硬要隐瞒我的爱，反而无法为"伊人"祈福。你对我做的事，我既不责怪，更无怨恨，只是觉得自己的爱遭受到了最为强烈的报应。我的这两份爱，都得

到了应有的归宿，一个死去了，一个成了罪孽。难道我就应该遭遇这些吗？母亲用死来清偿了自己，而我，则肩负着自己的罪在逃遁。

"唉，真想一死了之啊。"每次当我制止妈妈去见你时，这都是她的口头禅。

"你这是想让我去死啊。"母亲这么吓唬我。自从在圆觉寺和你见面后，母亲就已经有了自杀的念头。我呢，从打破志野瓷茶碗的那天起，才真正明白了这种心境。跟你那次见面，是母亲想要自杀的由头；然而正因一门心思要见你，才保住了她脆弱如朝露的生命。反而是我拼命拦着不让她去见你，这恰恰促成了她的死。自从打破志野瓷茶碗的那天起，我也有了寻死之心，也更理解母亲了。母亲若是还活着，死的就是我。母亲是为了让我活下去才寻死的。

那天，我在石钵上打破了志野瓷茶碗，差点儿昏厥过去，是你搀住了我。"妈妈！"我呼喊了一声。你听到了吗？也许，我并没有喊出声。

你说，不想让我就那么回去，还说要送我，可我只是摇头。"我们不会再见面了！"说着，我逃也似的回去了，出了一身冷汗。我是真的想去死啊。我并没有怨恨你，而是感觉自己的生命已经走到了尽头，再也无路可走。母亲已死，追随其后结束此生，于我而言是顺理成章的事。母亲因为不堪忍受自己的丑陋而死，我也打算如此。只是我想，或许悔恨的火焰中也有莲花绽放。我爱你，不管你对我做什么，都不可能有丑恶之处。我就像夏日的飞蛾扑进火焰一样。母亲认为自己丑陋就去寻死，可我却觉得母亲是完美的。莫非我就在这样的迷梦中失去了自我吗？

然而，我与母亲并不相同。母亲见过你之后，就终日坐立不安，总想着再见你。而我跟你的见面仅一次，梦就碎了。我的爱，刚刚开始就结束了。与其说这是在压抑、克制自己的感情，不如说我是被推倒、被抛弃了。

"啊，这样下去是不行的。"我想。母亲已经死了，我的事也到此为止。你还是与雪子结婚为好。这样一来，我也得到了拯救。

"倘若你还要寻找我、追求我,我也要自杀了。"这么说听上去显得太自我了。但正如我因为要美化母亲而忘记自我一样,我想把我们的一切都从你周围抹除干净。

栗本师傅说,母亲和我阻碍了菊治的婚事。这句话,我在清醒之后才完全明白其中的意思。师傅还说:自从跟母亲见面后,菊治整个人的性格完全变了。

打破志野瓷茶碗的那一晚,我一直哭泣到第二天早晨。之后,我去了朋友家里,求她陪我去旅行。

"怎么了,你的眼睛哭成这样了……你妈妈去世的时候,都没见你这样子哭呢。"朋友见到我,吓了一跳。我请求她和我去箱根。

可是,比起这一次,比起母亲死了的时候,我更为难过的是小时候那一次,栗本师傅来到我们家,对妈妈疾言厉色,让她和你父亲分手。我躲在角落里听见了,不禁哭了。母亲抱过我去,回到师傅面前。我很不情愿,但也没办法。

"这不,妈妈让人欺负上门来了!你这样在背地里哭,妈妈可受不了啊。让妈妈抱一抱吧。"妈妈这么说着。我尽量不去看师傅那边,坐在妈妈腿上,脸埋在她怀里。

"哟,连小孩子也搬出来一块演戏啊!"师傅阴阳怪气地说。

"你那么聪明的孩子,应该很清楚你三谷叔叔老是跑到你们家干什么吧?"

"不知道,我不知道。"我拼命摇头。

"怎么会不知道呢?你三谷叔叔可是有了个太太啦。你妈妈很坏,你知道吗?叔叔家还有个比你大一点的孩子呢。那个哥哥也恨你妈妈哟。要是让学校的老师同学们知道了你妈妈这副德行,那可多丢人现眼啊。"

"小孩子是没有罪的。"妈妈说。

"要说小孩子没有罪,那也得往好的方向教育她啊!一副天真无邪的样子,倒是挺会哭的嘛!"

那时我大概十一二岁。

"你干的这些事对小孩子有什么好处?真是怪可怜的,你就存心让她这样从小到大,在别人面前抬不起头来吗?"

那一刻,我的胸膛就像被撕裂开那般痛苦。比起妈妈的死,比起与你分离,那时的悲伤更为沉重。

到达别府是中午时分。我们乘大巴在地狱温泉转了一圈。由于在船上同舱的缘分,我住到了观海寺温泉旅馆。

今天早晨在伊予滩时,海上风平浪静,温暖的阳光从船舱的窗户照进来。我脱了上衣,只穿着衬衣,还是流了一身汗。进了别府港口,只见左手的高崎山连绵到右面,群山环抱着城镇,如同滔天巨浪一般。我记得在装饰风的日本画里,就曾经见过这样的巨浪。观海寺温泉建在僻静的山麓,从浴场望去,街市、港口一览无遗。我还是头一次见到这么宽阔、明亮的浴场,真是让人意外。环游地狱温泉的车票是一百日元,入场票也是一百日元。总共有十五六所地狱温泉,大多是私有的。还有个叫"地狱行会"的组织。乘大巴环游一周,需要花费两个半小时。

这些地狱温泉中,血池地狱和海地狱的颜色最难以名状,妖艳而神秘。血池地狱的颜色,如同从温泉底部喷涌的鲜血,消融于透明的泉水中。血色活灵活现,热气氤氲蒸腾。海地狱大约因为池水颜色如海而得名,浅蓝色的水如此澄澈、宁静,让我大开眼界。住在远离街市的山间旅馆,在夜深时分回想起血池地狱、海地狱那妙不可言的色泽,真如梦幻世界的泉水一般。假如母亲和我徘徊于爱的地狱中,那里可否会有如此美丽的泉水?地狱温泉的水色让我陷入怅惘恍惚之中了,请原谅。

三

在饭田高原筋汤,十月二十一日……

高原腹地的旅馆里,我在毛衣外面又套了一层旅馆的棉袄。夜间仍是寒气袭人,只好把身子靠在火盆上。这家旅馆像是在火灾后草草修建的,门窗都关不严。这家筋汤旅馆位于上千米的高地,而明天我将跨越一千五百米的山岭,在一千三百米高处的另一家旅馆下榻。虽说为了御寒也从东京带了点衣服,但这里同今早刚刚离开的别府相比,冷暖差别也太大了。

明天就到九重山了,后天终于要到达竹田。无论是在明天将要住的旅馆,还是在到达竹田以后,我都会继续给你写信。我最想跟你倾诉的到底是什么呢?我并不是要写旅行日记。见到了九重群山,还有父亲的故乡,触景生情的我又会说些什么呢?

也许我是要向你道别,可我自己也深知:无言的告别才是最好不过。我跟你好像没有说什么话,可又似乎已经说了很多。

"请原谅母亲吧。"每次我和你见面,都会替母亲向你道歉。

我为了求得你的原谅,初次登门造访时,你说,你很早以前就知道母亲有这么个女儿。你想象过"有机会跟这位小姐谈谈家父的事",还说,"有朝一日能跟你谈谈家父的事,谈谈你母亲的事,那该有多好啊。"

终究没有这样的机会,而且,再也不会有这样的机会了。

倘若真的跟你见面,谈了令尊与家母的事,我现在不知要因为悔恨与羞惭而何等的战栗啊。没法谈论父母往事的孩子们,能够彼此相爱吗?写到这里,泪便涌出来了。

十一二岁时,我曾听到栗本师傅责骂母亲。从那时起,"三谷叔叔"有个儿子这件事就深深烙印在我的心底。然而,我从未跟谁提过"三谷叔叔"还有他那个儿子的事。我感觉说起这种事很不体面。那个儿子是不是去参军打仗了,像我这样的小女生也无从去打听。

空袭愈来愈频繁,可是你父亲仍然时不时到我们家来。我想到万一有个什么事,那个孩子或许就会跟我一样也没有父亲了,便经常去送你父亲。那个孩子也该到了应征入伍的年龄了吧,可在我心目中他还是个少年。最初听到师傅讲起这个孩子时的痛楚已经沉入了我的心底。

妈妈是个不中用的人,我得出去买东西才行。在车站争先恐后上车的粗鲁的人群中，我发现了一个美人。我贴近她身边，闲聊了些类似从何处来到哪里去买什么东西的话题，后来便触及了身世——

"我是给人做妾的。"她说。

美人如此率直，作为女学生的我也坦言相告："我是妾的孩子。"

"真的？不过……能长这么大可真好。"

她似乎误会了"妾的孩子"这句话的含义。我满脸羞红，却没有更正她。

她很怜爱我，常常带我去买东西，我们还曾经一起去她在新潟的农村老家运米回来。我怎么都忘不了她。

长到这么大又有什么好呢？我最终没能和你谈谈令尊与家母的事。

住在这里能听到瀑布的声响。几道温泉从天而降，人们在下面任水流拍打自己，称之为"打浴"，据说有通筋止痛之效，故而当地人简单地叫它"筋汤"。旅馆内没有温泉浴池，洗澡要去大的公共浴池。此地位于涌盖山与黑岩山之间的峡谷深处，夜间似有山林中的新鲜空气降临。这里跟别府的血池地狱与海地狱那梦幻般的色彩不同。今天，我观赏了山上的红叶。从别府背后的城岛高原所见到的由布岳颇为绮丽。自丰后中村站攀登饭田高原的路上，也能见到九醉溪的红叶。登上十三曲，回首遥望，由于逆光，山背后和皱襞的色泽更显幽暗，红叶之美也格外深沉。由山头斜照过来的夕阳更为这片红叶世界增添了庄严。

感觉明天的高原和山上也都会是好天气。我从遥远的山谷间的旅馆，向你敬祝晚安。外出旅行的这三天，我都没有做梦。

打破志野瓷茶碗那天晚上开始，在朋友家住的这三个月，我总是辗转难眠。在朋友家住久了，觉得太麻烦人家了。

听朋友说，你次日去我公园后面租的房子找我了。可是，我为什么要逃走，这也没法对朋友说明白。

"我爱上了一个不能爱的人。"除了这样说，我再也讲不出别的了。

"可是，我也是被爱着的吧。爱上了不能爱的人，但还是被爱着，这么说大都是自欺欺人。女人就喜欢编造这种谎话。至于你嘛，我姑且相信你的话都是真的……"朋友的话是想说：世上并不存在不能爱的人。或许如此吧，倘若我也像母亲那样抱着寻死的心。

然而，我想尽量美化母亲的死，可我自己又会被人带到什么境地呢？对此，你应该是最清楚的。即便说不是被人带到这步境地，是我自作自受，这算不算"物纷"[1]，我弄不明白。自己所做的事，自己也能说是"物纷"吗？还是说对于他人所做的事冷眼旁观，可以说这是"物纷"呢？神明或是命运宽宥人的错误的时候，会说这是"物纷"吗？

有件事可能不大应该写出来，我倚靠的这位朋友，此前也在男人的事上犯过错。因为这个我才会信赖她，也正因为这个她才会立刻明白了我的处境。不过，她应该不晓得我已经卷入悔恨的漩涡中。

有一点我与妈妈很相似，就是在一些地方漫不经心。眼看着我渐渐恢复了些元气，朋友这次就放我一个人出来旅行了。

女人独自住在旅馆里，比起当初跟妈妈两人相依为命，还有母亲死后独守空房的日子，感觉更轻松自在些。可是一到夜里，仍免不了寂寞难挨、愁思满怀，只好给你写这些没打算寄出的信来排遣。从那晚以后，我整整沉默了三个月，现在又想说些什么呢？

四

在法华院温泉，十月二十二日……

今天我翻过海拔1540米的山岭——诹峨守越，下榻在海拔1303米的法华院温泉旅馆。这里是九州最高的山上温泉。前往竹田町的旅程中，今天终于越过了这座大山，明天就将下山到久住町，然后便到达竹田了。

---

[1] 物纷：原文"物の紛れ"是《源氏物语》中特有的用语，有两种含义：一是指因物事纷扰而迷惑；二是指男女的秘密情事。文子用这个词可能兼有两种含义，故在此直译为"物纷"。

不知是由于在高原的阳光下走路，还是这里的硫黄气味太浓了，我今晚觉得很疲倦。除了这里的温泉有硫黄，诹峨守越旁边硫黄山的烟也会随风飘来这边。据说银质的表在这里一天就会变黑。

"昨天早上五度，今天早上四度，今晚会比昨晚更冷。"旅馆的人说。早上不知几点的时候，我看了下温度计。黎明前那阵子兴许降到零度了。

不过，我订的房间在别栋二楼一个突出的房间，有双重玻璃窗，防寒较好。旅馆的棉袄里棉花很厚，火盆里火也很旺，比起昨晚在筋汤时更舒适。只是仍能感觉到夜里山气的冷冽。

法华院的旅馆只有山中一家。这里不通邮，也没有报纸派送。距离下面的村子有十多公里，到最近的邻居家也有五六公里。小孩到了上学的年龄，就要寄宿在下面的村子里。

旅馆老板家有两个孩子，哥哥六岁，妹妹四岁。大概因为我是单身女性吧，他们的祖母过来跟我聊了几句。两个孩子都想坐在她的腿上，先是妹妹坐在祖母腿上，祖母抱着她，哥哥却试图把妹妹推下去。妹妹拼命抵抗，然后两个孩子追逐扭打起来。哥哥的眼睛很漂亮。四岁的妹妹有一双目光锐利的大眼睛，一张个性强硬的面孔，一副随时准备打架的气势。估计是山里强烈的日光，才让他们的眼神如此锐利吧。

"附近的小孩子，也没个给他们做伴的。"我说。

"要走上十来公里，才能找到别的孩子跟他们玩。哥哥在妹妹出生的时候，说：'妈妈是陪我睡的，现在却让她夺走了。'在妹妹出生前，他说：'等娃娃生了，我就跟娃娃一起睡。'不过，之后他却是和我一起睡。"他们在冬天的时候会关闭旅馆，下山到村子里去住。孩子们在这荒郊野外的独栋房子里长大，那锐利的眼神深深吸引了我。他们都是圆圆的脸，很俊俏。

我猛地想到自己是独生女。

我出生后一直都是独生女，对此早就习惯了，平时根本没放在心上。也不是没有想到过，只是从未深入思考过这件事。想要个哥哥或姐姐的那种女学生的感伤也早已消失。母亲死的时候，我也没有"要是有兄弟姐妹就好了"这种念头，而是立即给你打了电话，为了掩盖母亲死亡的真相让你成了共犯。后来想到，这样一来，你也承担了母亲死亡的部分责任……要是有个哥哥，我就不会找你了。而且我想，有哥哥的话，说不定母亲就用不着寻死了，至少我不至于陷入那种罪孽的悲痛中。现在想到这些，有种恍然大悟的惊讶之感。作为独生女的我，本不该接受你这么多恩惠，可我显然是过于依赖你了。

独生女的我，孤身一人住在山中的独栋旅馆，心中涌动着要呼唤从未有过的哥哥的愿望。即便不是哥哥，姐姐或弟弟妹妹都可以。想要呼唤从未降临人世的兄弟姐妹的这种心情，听起来有点好笑吧。

说了这么多有关独生女的话，我才意识到你也是独生子。你父亲来我们家时，像是忌讳一样，从来都不提你们家的事。我从来没听说过你也是独生子。

有一次，他对我说："没有兄弟姐妹，很寂寞啊。要是能有个弟弟或妹妹该多好啊。"

我顿时脸色发青，浑身剧烈颤抖起来。

"可不是嘛，太田临走的时候，就只有这一个独生女，也真是可怜啊。"

向来柔顺的母亲随声附和着，可注意到我的样子，连忙把下面的话咽了回去。

我只感到厌恶和可怕。那时我十四五岁的样子，对母亲的事已经洞若观火。我感到你父亲的意思是打算再生一个和我同母异父的孩子。现在回想起来，恐怕是我的胡猜乱想。兴许他只是想起了你这个独生子，或者感觉只有母亲和我两个人一起生活，太寂寞了。然而，那时我的心情却很狂躁。我甚至打定主意，万一母亲再生一个小孩，我就把那个孩子弄死。我平生只有这次动过杀人的念头。没准我真会动手。这是出于憎恨、嫉妒，还是愤怒呢，我不知道，大概只是少女时代的一种偏执吧。

母亲似乎也感觉到了我的战栗，补充说："我找人家看过手相，算命的说我命中注定就只有一个孩子。不过，这一个好孩子却能顶十个。"

"话虽是这么说，可独生子女都不太愿意跟人交际，喜欢独来独往，容易自我封闭，长大了难免不合群啊。"

你父亲可能是见我绷着脸一声不吭才这么说的。我躲避着他，既不愿看他，更不愿跟他讲话。我的性格像母亲，不是那种阴郁的孩子。可是，哪怕我心情不错，你父亲一来，我也会马上沉默下去。母亲对我这种孩子气的执拗，应该会感到很为难吧。或许你父亲说这番话并不是针对我，而是想起了你，有感而发。

不过，我想要弄死的那个孩子如果出生的话，又会怎样呢？既是我的弟弟或妹妹，也是你的弟弟或妹妹。

"啊，好可怕。"

我穿过高原，越过山巅。这样病态的念头本该洗刷干净才对的。我可是在"清爽的天气"里走过来的啊。

"真是个清爽的天气呀。"

"可不，清清爽爽的天气呀。"

今天早上，从筋汤刚出来不久，就听见村里人这么寒暄。这一带的人把"好天气"叫作"清爽的天气"。句尾的语助词"呀"发得格外清楚。

这确确实实是清爽的好天气。不知是芒草还是茅草的穗子，在朝阳照耀下银光闪闪。槲树的红叶熠熠生辉。左边山麓的杉树林间，树荫幽深。田埂上铺着草席，一个穿着红袄的小孩坐在上面，背后的白口袋里装着吃的，玩具摆在草席上。小孩的母亲在割稻子。这一带气候冷得早，插秧也早，据说是点着篝火来插秧。不过今天早上天气还暖和，小孩也可以在草席上晒太阳。我只穿着胶底帆布鞋，没有做别的御寒准备。

从筋汤登山，或许还有别的捷径。我是从饭田的邮局、学校附近出发，在高原间悠然前行，眺望着九重山。我不用登山，只从诹峨守越走到法华院即可，这对我而言是段轻松的行程。

所谓九重山，是一系列相连的山峰的总称，从东边数起，有黑岳、大船山、久住山、三俣山、黑岩山、星生山、猎师岳、涌盖山、一目山、泉水山等。群山的北面就是饭田高原。

饭田高原虽说是在群山北侧，不过涌盖山等山峰绕到了高原西侧，崩平山等山峰则在高原以北。可以说高原是处于群山怀抱中，或者说，这是被四周的群山众星拱月般托举起来的一个圆台形高原，宛如一个美丽的梦幻国度。山上的红叶层林尽染，芒草穗的波浪白茫茫一片，随风荡漾。不过，我却感觉高原上漂浮着柔和的紫色。高原海拔约一千米，东西和南北各宽约八公里。

我走的是高原的南北方向。来到这广阔的原野，远远望见正前方在三俣山与星生山之间的硫黄山升起的烟。群山之上晴空万里，只有在右面涌盖山的上空漂浮着几朵微云。从东京出发时，我就向往着高原的"清爽天气"，现在感觉好幸福。

此前我只知道信浓高原，而饭田高原，正如许多人所言，是个更浪漫、更令人神往的地方。这里温柔、明丽、惹人遐思，让人感觉似乎静静投入了它的怀抱。南面连绵不绝的群山也是千姿百态，风姿优雅。进入别府港口时，那环抱街市、如波浪起伏的连绵群山，曾让我着迷不已。而在饭田高原所见的九重山，它们的高度让我感到意外的亲切、和谐，大概是由于较为均衡吧。久住山的海拔超过 1787 米，是九州第一高峰；大船山高 1787 米，是第二高峰；但三俣山和星生山都在 1740 到 1760 米之间，相比之下第一、第二高峰都高得不明显。此外，1700 米以上的高峰还有十来座。然而，在海拔 1700 米以上的高原上看，这些连绵的群山与高原相比都不算太高，便显得柔和可亲。此外，这里是南国，离大海不远，高原的色彩也更明媚。

来到高原中央的长者原，我在松树荫下休息了好一阵子。长者原上散布着稀稀落落的松树林。我被这草原上的松树所吸引，又走了一会儿，在松树荫下吃了便当。此时大约两点。我四下望着宽广的草红叶。从我的位置望去，被阳光直射的地方与逆光的地方，颜色有些微妙的差异。山的颜色也各自有所不同。红叶颜色浓的山就像教堂的彩色玻璃一样。我犹如置身大自然的天堂里。

"啊，能来这里太好了。"我不禁脱口而出，潸然泪下。芒草穗的波浪依稀闪着银光。我的泪不是浸透着悲伤的泪，而是洗刷了悲伤的泪。

我想念你，为了同你告别，才来到这个高原，前往父亲的故里。我对你的想念总是与悔恨、罪孽纠缠在一起，以至于无法和你分手，也无法迈入新的生活。请原谅我即使来到这个高原，仍然在想念着你。这是为了告别的想念。就让我一边漫步在草地上，观赏着山色，一边继续想念你吧。

我在松树荫下静静坐着，想念你。这里是没有屋顶的天堂。能不能就这样升天呢？可以的话，我就再也不动了。在一片茫然中，我为你的幸福祈祷。

"请跟雪子小姐结婚吧。"

我默默说着，在内心与你告别。

我不会忘记你。纵然此后可能带着污浊的念头想起你，然而在这个高原上想起你的时候，我是纯净的，只是想着要与你告别。从此母亲和我就从你的生活中彻底消失了。最后再说一声抱歉。

"请原谅母亲！"

从饭田高原翻越诹峨守越，听说有一条通往三俣山麓的路，不过我走的是运硫黄的那条路。离硫黄山越近，它的样子也就越显可怕。广阔的山腹一带都在喷出硫黄，一直到山脊都寸草不生。山都烧焦了，岩石、土地都黑乎乎的，荒凉一片。没有一点润泽的灰色和褐色给人以废墟之感。采集天然硫黄的地方在左边的小山上，人们在喷气孔处安一个圆筒，然后硫黄会从筒口像冰柱一样垂下来。我穿过采集场的烟，踏过裸露的岩石，来到山巅。

从山巅下到北千里溪，回首遥望，将要沉没的太阳在硫黄烟的缭绕中如同白蒙蒙的月妖。前方是大船山的美丽红叶，在夕阳的余晖中灿烂如锦。从陡峭的斜坡走下去，便是法华院温泉了。

今晚的信写得很长，因为我想把分别后在高原上度过的毫无杂念的一天告诉你。不必牵挂我，晚安。

五

在竹田町，十月二十三日……

终于来到了父亲的故乡。

今天傍晚时分，我从岩山的石洞门进入了竹田町。

我从法华院温泉下来到了久住高原，然后从久住町坐巴士到了竹田町，花了五十分钟。

我现住在伯父家，这里是父亲的老家。我这是第一次见到父亲的老家，感觉不可思议。这是个对我来说既是故乡又是异乡的小镇，见到长相酷似父亲的伯父，我脑子里又浮现出已经辞世十年的父亲的面影。无家可归的我感觉好像又有了家。

听说我是从别府绕过九重山来到这儿的，伯父他们都吃惊不小，觉得我一个人走山路，住温泉旅馆，未免胆子太大了。虽然我也想观赏山景，但对于来父亲的老家却是有些犹豫的。父亲死后，母亲与他们的关系就疏远了，甚至到了不好再见面的地步。

"你要是从船上发电报过来，我们去别府接你多好……别府离我们这里很近的。"伯父说。

我曾提前写信给他们说自己要来，但发电报通知，烦扰他们来接自己，感觉不太合适。

"你爸爸过世的时候，你多大了？"

"十岁。"

"十岁啊。"伯父重复了一遍，又看着我说："你长得跟你妈妈一模一样啊。我不怎么见你妈妈，一见你就想起她的样子来了。不过，有些地方也挺像你爸爸的，耳朵的形状挺像我们太田家的。"

"我一见伯父，也想到了父亲的样子。"

"是吗？"

"我要去工作了,以后就再也不能外出旅行了,所以趁着现在有空先来看看伯父。"

形单影只的我,并不想让他们以为我过来是想商议终身大事的。对伯父,我毫无所求。伯父没有来参加母亲的葬礼,一则从九州赶来奔丧时间上来不及,再则当时只举行了简单的葬仪,没通知远处的亲友。

只是为了与你(跟母亲千丝万缕的你)一刀两断,我才会来到父亲的故乡。我要从母亲那狂乱的爱的漩涡中逃脱出来,回到父亲那健全的回忆中去。然而,在暮色苍茫中进入这岩山环抱的小镇,有种逃犯来到与世隔绝之地的凄凉。

今早,我在法华院睡了会儿懒觉。

"早啊,"旅馆的人跟我打招呼,"一大早孩子就在下面闹腾,妨碍你睡觉了吧?"不过,我什么都没听见。

端上早饭时,目光锐利的小女孩也跟着上来,坐在祖母身边。听说她今早从连接主房到别栋之间的桥上掉下去了。桥有一丈五尺高。真是万幸,她恰好落在三块石头正中,捡回一条命。得救以后,她还哭着说:"木屐漂走啦!木屐漂走啦!"

大人打趣她说:"要不要再下去一次?"

"不要,没有衣服啦!"

小河岸边的石头上,晾着女孩的衣服,是一件粗布藏青底碎白花和服与一件有蝴蝶与牡丹图案的红色坎肩。望着朝阳照在这红色坎肩上,我感到了温暖的生命的恩惠。那么凑巧落在三块石头中间,这是何等的机缘啊。三块石头中间的空隙很狭小,刚好能容下幼儿的身体。只要稍有偏差,落在石头上,哪怕没送命,也会落下残疾。孩子似乎不懂得危险与恐惧,身体也没觉得哪里痛,若无其事的样子。虽说落水的就是这孩子,却感觉不像是她。

我没能让妈妈活下来,然而,我一想到那让我活下来的什么东西,为你祈福的心也更强烈了。我想,在人类的污秽与罪业的岩石之间,也会有得救之所吧,就如这个小女孩那样。

我怀着羡慕这个女孩的幸运的心情,摸了摸她浓密的娃娃头式的短发,便从法华院动身离开了。

听说大船山的红叶特别美,因此我去坊泽[1]逛了逛。这里是三俣山、大船山、平治岳等山环绕的盆地。今天,我从与昨天相反的一侧观赏了三俣山,也去筑紫山岳会的马醉木小屋周围看了看。马醉木那边生长着可爱的玉柏,有点像土马鬃,高二三寸。我还发现了越橘和岩镜草。据说有些低矮的树会向四方伸展到六铺席那么大。坊泽也有很多雾岛杜鹃花。此外,这里的芒草生得又细又矮,花穗只有一寸长。

听说今早,山顶降到了零度。不过坊泽的阳光很好,红叶的颜色也让人感觉很温暖。

回到旅馆一带,我又从白口岳与立中山之间的立山下去,到了佐渡洼。这是一片呈佐渡岛形状[2]的盆地,有很多枯萎的蓟草。从佐渡洼下了锅破坂,等走到朽网别,久住高原便展现于眼前。

我在锅破坂的杂木丛中穿行,踏着石径往下走去。只听见自己脚踩落叶的声响。一路上没有遇见什么人,因此感觉这是自然的足音。来到朽网别时,左边的清水山上的红叶正是最美的时节。从这里本能望见阿苏的五岳,不过都被云雾遮挡住了。祖母山、倾山等相连的群山倒是依稀可见。久住高原是方圆二十公里的草原,绵延广袤,与阿苏以北的波野原远远相连。从南面回望,九重(或作久住)群山全都掩藏在云雾后面。从高得没过人的芒草穿过去,经过放牧场,我来到了久住町。

久住的南登山口,有一座名字古怪的猪鹿狼寺的遗址。猪鹿狼寺和法华寺都是有几百年历史的圣地。九重群山本来就是寺院众多的圣地。我感觉自己一路从圣地走过来,真是幸甚。

---

[1] 坊泽:原文"坊ヶつる",坊指寺院(这里指法华院),つる的意思是湿地,该地名的意思是指法华院附近湿地。此前的译本根据つる对应的汉字译作"坊鹤"或"坊蔓",均有失原意。

[2] 佐渡岛是日本第五大岛,形似字母S。

伯父一家人都睡了，一片寂静。我不能像在旅馆那样不去睡觉一直在这里写信，就到这里吧。

晚安。

六

在竹田町，十月二十四日……

在竹田车站，每逢丰肥线的火车进出站时，就会响起《荒城之月》[1]的歌声。镇上的人说，泷廉太郎[2]由于心心念念镇上的冈城遗址，才谱了《荒城之月》这首曲子。他的父亲从明治二十年（1887）起在这里担任郡长，廉太郎也在竹田町曾经的高小上学。他在少年时代肯定去旧城遗址游玩过吧。

泷廉太郎在明治三十六年（1903）英年早逝，虚岁只有25岁。到后年，我也是这个年龄了。

"我希望在25岁时死去。"在女校时，我记得好像这么跟朋友讲过。不过，也可能是朋友跟我倾诉的。

《荒城之月》的词作者土井晚翠[3]今年也过世了。在我来这里前不久，

---

[1] 荒城之月：1900年，东京音乐学校为了编撰优良的《中学唱歌》课本，向当时的文学、音乐、教育工作者征求诗作与乐谱。泷廉太郎选了《荒城之月》《箱根八里》《丰太阁》三首曲子，都被选用了。《荒城之月》的词作者是日本知名的诗人土井晚翠，这首歌直到2002年都被用于日本的国中课本中，一百多年来，在日本可谓家喻户晓，被誉为第二国歌。

[2] 泷廉太郎（1879年—1903年）：天才作曲大师，日本近代音乐史上最有才华的作曲家之一。1900～1901年发表的歌曲《花》《月》《荒城之月》《箱根八里》等迄今依然广泛流传。他所作各类歌曲对日本歌曲创作有很大影响。

[3] 土井晚翠（1871年—1952年）：诗人。1899年发表处女诗集《天地有情》，一举成名，与岛崎藤村并驾齐驱，引起世人的注目。晚翠诗的特点是汉诗调，擅长史诗类的叙事诗。代表诗集有《晓钟》（1901）、《游子吟》（1906）等。

人们在竹田町的冈城遗址举办了土井晚翠的追悼会。据说曲作者泷廉太郎与词作者土井晚翠曾经在伦敦见过一次面。那还是我父亲也还年幼的往昔。在异国他乡，诗人与音乐家的邂逅是否成了日后《荒城之月》这首歌的因缘，我不得而知。不管怎么说，两个人留下了一首优美动人的歌。《荒城之月》这首歌现在可以说无人不晓了。而我与你的邂逅，日后又会留下什么呢？

像泷廉太郎这样的天才的孩子？……蓦地想到这里，我自己也吃了一惊。之所以会想到如此梦幻般的事，而且还写信告诉你，大概是由于我在父亲的故乡小镇已经沉静下来的缘故吧。不过，女人总会为了这种万一会发生的事而心惊胆战，不知是喜还是忧。你也曾考虑过这种事吗？也会跟我同样担惊受怕吗？因为这种始料未及的不安，我深深体味到了何为女人。我甚至梦想过，瞒着你独自一人将孩子抚养成人。这样凭空而来的心理准备，也是作为母亲的女儿的一种因果报应。你吃惊了吗？作为一个女人，仅仅因为这一点，我就消瘦下来了。还好，这种担惊受怕并没有持续很久。

只不过，在竹田车站听到《荒城之月》的歌声，我又回忆起了那种心惊胆战。

岩山四方环绕中，漫步竹田町，静听秋日流水声。

今天打算在镇子上逛一逛。走在能听到"秋日流水声"的桥上，耳边传来了歌声，吸引我一步步向车站那边走去。车站的不知什么地方在放唱片。我昨天没坐火车，是坐巴士来的，所以没留意。

小河就在车站前面。我从车站返回桥上时，歌声还在继续。我倚在桥栏上，伫立良久，凝望着小河流水。上游左岸的河滩边的巨石上立着一根柱子，成排的像窝棚一样的房子突出在河面上。石头边上有女子在洗濯。车站后面紧挨着岩山石壁，岩石表面细细的水流如瀑布一般淌落。岩山之上遍布红叶，也有零星翠绿点缀其间。

我一面心里惦记着你,一面在父亲的故乡四处漫步。这里对我来说已不再是陌生的异乡。昨天刚到这儿,对这里还是完全生疏的。到今天早上一看,确实是个茶碗大的小镇。无论走向何方,尽头都是石壁。我自己也感觉是在"岩山四方环绕中"。

昨天,我看到伯父所用的旅馆火柴盒上印有"山紫水明[1]、竹田美人"的字样。

我笑着说:"好像京都嘛。"

"竹田美人确实名不虚传。这里自古以来就盛行弹琴、茶道这些技艺,水也格外清冽。镇子上把屋檐下的小水沟叫'井出'。你爸爸小时候早上起来就用那个井出的水来漱口,洗茶碗。"

小镇只有一万来人,寺院却有十几家,神社也有十几座,真可称得上是"小京都"了。

"竹田美人已经没有了,哪怕把以前的人还有去了东京的人都算进去。"伯父说。不过,我走在街头,感觉女人都干净、美丽。快到石洞门时,岩山上满是红叶,洞门对面出口的岩石上则生着绿苔。绿苔前,只见一个穿着白色毛衣的美丽女子正翩翩走来。

镇子正中有一条商店街,铺了柏油路。路两边挂着冷清的铃兰灯。向一侧拐进去,则是安静的老街,走不多久尽头便是石壁。石崖、白色的仓房、黑色的板墙,还有眼看要倾圮的墙壁,无一不让人感觉这是个古老的小镇。不过据说在明治十年(1877)的西南战役中,整个镇子都烧毁了,仅仅在山麓还留下几座之前的房子。

---

[1] 山紫水明:词汇由日本江户时代后期著名儒学家、历史学家赖山阳创造。赖山阳1814年作《对仙醉楼记》,文末处用汉文写道:作于山紫水明处。此为"山紫水明"第一次出现。晚年其在京都郊区建一草堂,草堂前流淌着贺茂川,东山的山峰和圣护院的森林都举目可见。因非常热爱这个景色,给草堂取名为"山紫水明处"。"山紫"意指阳光照射在山上,山看上去像紫色的,"水明"指在日光的照射下,水格外清澈透明。赖山阳本人把下午4点半到5点的时候称之为"山紫水明时"。中文一般译为"山青水秀""山明水秀"等。

回到伯父家里，提起镇子的话题，伯母说："文子把整个镇子的角角落落都走遍了吧？"

没用半天，我就游览过了田能村竹田[1]故居、田伏庄院遗址的天主教隐秘礼拜堂、中川神社的圣地亚哥钟、广濑神社、冈城旧址、鱼住瀑布、碧云寺等名胜古迹。

现在，竹田町还是有很多人称呼田能村竹田为"竹田先生"。昨天我从久住町来到这边的那条路，就是以前大名出行时仪仗队人马所走的路，也是竹田及广濑淡窗[2]等很多文人往来必经之路。赖山阳访问竹田，也是由此路而来。田能村竹田的故居中，还保留着他与山阳品茗的茶室。茶室与主房之间的院子里，阳光照在或黄或枯的芭蕉叶上。院子里的桐叶也已发黄。竹田曾用自家种的菜蔬招待山阳，那块种植菜蔬的地就在主房前面。竹田纪念馆的画圣堂，虽说是新的建筑，其中也有茶席。听说即使是抹茶[3]，里面也要挂上竹田的南画。

隐秘的天主教礼拜堂就在竹田庄院附近，位于竹林间的岩壁上向内凿的一处宽广的洞窟内。圣地亚哥钟上刻着"1612 SANTIAGO HOSPITAL"（圣地亚哥医院）的字样。

竹田从前的城主是位天主教徒。

竹田庄的庭院里，有一盏织部灯笼。沿着稍微有点上坡的小路往右一拐，就是竹田庄的石崖；与之相对，往左一拐便是宅邸。不知古田织部的子孙是否还住在这里。我从这所宅邸前经过，心不禁怦怦直跳。据说当年古田织部的儿子来竹田后就一直居住在此处，即昔日称为上殿町的武家庄院旧街。

有件事我无法忘怀。那是在圆觉寺的茶会上，我们初次见面。稻村

---

[1] 田能村竹田（1777年—1835年）：丰后竹田人，文人、画家。

[2] 广濑淡窗（1782年—1856年）：丰后日田人，折中学派儒者、诗人。

[3] 抹茶比点茶的程序要简单。

雪子点茶时问你："用什么茶碗呢？"

"那个……就用那个织部茶碗吧。"你说。

栗本师傅说："这是令尊很喜欢的茶碗，他把它送给了我。"不过，这只茶碗在属于令尊之前，是属于先父的，母亲又把它转让给了令尊。雪子用这个黑织部茶碗给你上茶，然后你喝了，如此而已。我却为此抬不起头来，到底是为何呢？

母亲说："我也用这个茶碗喝茶吧……"

母亲是喝了命运的毒药吗？

我没想到会在父亲的故乡小镇回忆起那次茶席的事来，真是恍如昨日。倘若那个黑织部茶碗还在师傅手里，希望你能把它要回来，之后便让它下落不明吧。我本人，也当作已经下落不明吧。

父亲的故乡小镇已经被我逛了个遍，也该离开竹田町了。我不嫌絮烦地把镇上的景物都写下来，就是不打算再来了。尽管我没打算寄出这封信，但若寄出的话，这应该是最后一封信了。

冈城遗址除了石崖，别的什么都没留下。不过要塞高地视野开阔，群山在秋日长天下尽收眼底。这里可以见到祖母山、倾山，对面的九重山、大船山顶掩映在几缕淡淡的白云中。我走过的高原和山岭也都在那个方向。我曾在高原的松树林荫下，在芒草穗的波浪中思念你，那时我想，可以与你告别了。现在说起告别，仍难以一刀两断，更何况从此便要从你的生活中消失，对于女人来说，更是恋恋不舍。请原谅我。晚安。

在旅途的信中写了希望你同雪子结婚的话，然而这毕竟是你的自由。无论我还是母亲，都不会干涉你的自由、妨碍你的幸福。千万不要再来寻找我了。

旅途的六天里，拉拉杂杂给你写了很多无聊的事。女人就是爱絮絮叨叨啊。希望你能理解正在与你告别的我。然而言语是空洞的。女人似乎总想留在对方身旁，而我恰恰相反。请理解我吧。我要在父亲的故乡小镇开始新的生活。别了！

七

菊治新婚旅行归来后，重读了文子这些信。与一年半前初读时相比，对文子言语的感受已经大不一样。

然而，到底哪里不一样呢？他说不清楚。毕竟，言语是空洞的。

菊治来到了新居的庭院里，点着了文子的信。院子里没什么像样的东西，无非是一块狭小的空地，被简陋的木板墙围了起来。

信受潮了，火不怎么着。

东一张西一张的信笺散落在地上，菊治不断地划着火柴。文子的信上，墨迹的颜色变淡了，纸化成灰以后，字迹还留在上面。

"言语也都烧掉了。"

菊治将一页又一页的信笺放在火焰上。

随着信笺烧掉，文子的言语怎么样了呢？菊治歪过脸去，躲开了烟。冬日的夕阳照在木板墙一隅。

"新婚旅行怎么样？"

檐廊下猛地传来栗本近子的声音。菊治吓了一跳，打了个寒战。

"怎么回事？一声不吭就……"

"你老是不搭理人嘛。都说'新婚之家易招贼'啊，还没找个女仆吗？就两个人过日子也挺好的。雪子照顾得你挺好的吧？"

"你从哪儿打听到这里的？"

"你是说这里的地址？蛇有蛇道嘛。"

"果然是条蛇。"菊治不禁脱口而出。

菊治父亲去世后，近子常常不打招呼就擅自进门，现在又冷不丁跑到他的新家。这让菊治内心又生出厌恶。

"只是，对雪子来说，天这么冷还要洗洗涮涮，太为难了。我来帮你们家干活怎么样？"

菊治没有回头瞧她。

"你在烧什么啊？是文子的信吗？"

菊治把还没烧的信放在腿上。不过他是蹲着的，近子按理应该不会看见。

"烧了文子的信，也算是你的一份情啦。很好，很好。"

"我已经沦落到住在这种房子里了，以后也不劳您大驾光临。我先跟你把这事说清楚。"

"我也没妨碍到你吧。跟雪子的婚事，最初不也是我牵线搭桥的吗？你们终于喜结良缘，我甭提有多高兴呢。这样一来我也就放心了，今后我也只是给你们帮帮忙什么的……"

菊治把剩余的信揣在怀里站起来。

近子在檐廊一头站着，望着菊治，往后退了一步。

"哎哟，脸色怎么那么难看啊？我看雪子的行李还没有收拾，就是惦记着过来搭把手什么的。"

"不用你费事了。"

"这能费什么事，也就举手之劳。就不能理解我这片心意吗？"

近子沮丧地就地坐下，左肩耸了耸，怯怯地喘着气。

"太太回娘家了吧？怎么把她一个人撇下，急匆匆地自己跑回来了呢？"

"你去过雪子的娘家？"

"我过去贺喜了。要是你觉得不妥，我就跟你赔个不是。"

近子说着，窥探了一眼菊治的脸色。菊治强压下自己的不悦，说："对了，那个黑织部茶碗还在你那儿吗？"

"你父亲送给我的那个？在啊。"

"既然还在，麻烦你把它让给我吧。"

"啊？"近子的眼神里流露出疑惑和犹豫，继而，有点怨气未消似地说："好吧。你父亲的东西，我本是打算一辈子都不放手的。不过既然菊治少爷想要回去，那我今天或者明天……你是要举办茶会吗？"

"现在马上拿过来吧。"

"我懂了。等烧了文子小姐的信,就用黑织部茶碗喝一杯茶。"
近子耷拉着脑袋,手像要扒拉什么似的,出去了。
菊治又下到庭院里,手哆嗦着,火柴怎么都划不着。

新家庭

一

雪子是个活泼的女子，不过菊治发现她时不时会坐在钢琴前面发愣。在这个家里，钢琴实在是显得过于庞大了。

这是菊治刚结识的一家制造商的新产品。菊治的父亲曾是某乐器公司的股东。这家乐器公司在战时也免不了被改成兵工厂。战后，乐器公司的一位技师想要生产自己设计的钢琴，靠着菊治父亲这层关系来找菊治商谈，菊治就用卖房子的钱投资入股了。

这个小制造厂把一架钢琴样品搬到了菊治的新居。雪子的钢琴留给了老家的妹妹。要给妹妹再买一架钢琴也未尝不可，菊治跟雪子说了两三次："这架钢琴你要是觉得不怎么样，要不还是回去把娘家那架搬过来，不用顾虑我。"

菊治猜测雪子在钢琴前面发呆，是因为对钢琴不中意。

"这一架我觉得挺好的啊，"雪子似乎感到意外，"我也不太懂这个，不过调音师不是还赞赏过它吗？"

菊治心里其实也知道和钢琴无关。而且雪子对钢琴既谈不上非常热衷，也算不上特别擅长，还不到挑剔好坏的程度。

"我是看你常常坐在钢琴前面发呆，"菊治说，"就寻思着你是不是对它不中意……"

"这跟钢琴是两码事。"雪子坦率地回答。她像是要接着说什么，中途又突然改变了想法，问："你老是见我发呆吗？什么时候？"

新居一进门,旁边照例是个西式房间,钢琴就放在里面。无论从餐厅还是菊治在二楼的房间都看不到这里。

"我在老家时,整天吵吵嚷嚷的,根本没有工夫发呆。能发呆还真是难得呢。"

菊治脑海里浮现出雪子家里的热闹场面。父母都在,又有兄弟姐妹,再加上客人来来往往,确实难得有清静的时候。

"不过,之前跟你见面时,你给我的印象不如说是沉默寡言的。"

"是吗?我挺爱说话的啊,在家里跟母亲、妹妹一起,从来没有住嘴的时候。三个人里头总会有一个在说话。不过,里面我算是说话最少的了。我觉得妈妈在客人面前说话也太多了,自己便不怎么说。母亲那些应酬的客套话,你要是听了,估计也会觉得厌烦吧。我要是总在妈妈旁边,可能就真成了一个沉默寡言、冷淡古板的姑娘了。妹妹倒是和妈妈调子一致,你一句我一句……"

"你妈妈是不是想过让你嫁到更阔气的人家啊?"

"嗯。"雪子老实地点点头,"自从嫁给你,我说的话还不到在老家时的十分之一。"

"是由于白天一个人在家吗?"

"哪怕你在家,我也不是着了火似的喋喋不休吧。"

"是这样。不过每逢外出散步时,你话就多起来了。"菊治说着,想起两个人在街上散步时,雪子靠在菊治身上,挽着他的胳膊,像是忘记了寒冷,兴奋地说个不停。是不是因为离开了家门,有一种解放感呢?

"现在我不再一个人出去了。以前在老家时,不管去了哪里,回来时都会把外面的见闻跟妈妈说一遍,然后又将同样的事跟爸爸再说一遍。"

"爸爸听了挺高兴的吧。"

雪子凝视着菊治,过了一小会儿,点点头。

"我跟父亲讲第二遍的时候,母亲在旁边听,还会哧哧地偷笑。"

雪子离开这么疼爱她的双亲,来到菊治这里,坐在简陋的餐室里,这让菊治仍然觉得无法理解。

雪子的睫毛之间，有一颗淡淡的痣。这是两个人共同生活后菊治才发现的。

他还发现雪子的牙齿很美，晶莹透亮。接吻时，他常常为她牙齿的清纯所打动。

把已经习惯于接吻的雪子拥抱在怀里，菊治会蓦地潸然泪下。由于仅止步于接吻，他觉得雪子无比珍贵、可爱。

不过，对于仅停留在接吻这件事，雪子不像菊治那么懊恼、焦虑。按理说雪子对结婚并非茫然无知，但仅仅是拥抱和接吻，对雪子来说似乎已经是十分新奇、惊异了。她为菊治的爱抚感到满足，努力回应他。

菊治常常反复思索：这样的新婚生活并非像自己所苦恼的那样不自然、不健康吧？

雪子从蔬菜店买来了萝卜和小白菜。那绿和白的颜色，菊治看着也觉得新鲜。仅仅这点不都让人觉得幸福吗？在旧居跟老女仆一起生活的时候，他从未留意过厨房的蔬菜。

"那么大的宅子，就一个人住着，不觉得冷清吗？"

来到这个家不久，雪子就曾这么问他。在这短短的问话里，仿佛包含着她对菊治过去生活的关切与体贴。

菊治早上醒来的时候，倘若没有看到雪子在身边，就会有种寂寥之感。当然，雪子要准备早饭什么的，肯定要起得更早些。不过菊治醒过来，如果能看到雪子的睡姿，就会满怀温馨之感。为此，他甚至刻意地尽量早点醒来。没看到邻床的雪子，心上总会袭来微微的不安。

一天傍晚，菊治回家后说："雪子，你用的香水是'马奇贝利王子'吗？"

"对啊，怎么啦？"

"因为钢琴的事，今天接待了一位女客户，她说是这个牌子的香水。还真有鼻子这么灵的人啊。"

"怎么会沾上香水味的呢？"雪子接过菊治脱下的上衣，凑近闻了闻，想了起来，"我把香水瓶放在了西装衣柜里。我都忘记了啊。"

二

二月末，接连下了三天雨。傍晚时分，雨终于停了，不过天空仍然弥漫着阴云，泛着淡淡的桃红色。在这样的周日，栗本近子抱着黑织部茶碗上门了。

"嘿，我把那个值得纪念的茶碗给你们拿来了。"

近子说着，从双层盒子里取出茶碗，双掌捧着端详了一小会儿，放在了菊治膝前。

"往后正好是用它的时节了，上面有蕨菜嫩芽的图案……"

菊治举起茶碗，看都没看，说："我都快把这事儿忘了，你才把它拿来。不是说当天拿过来的吗？结果你没来，我还以为你再也不会拿过来了呢。"

"这是初春用的茶碗，冬天时候拿过来也用不上啊。况且，一旦要我放手，我也确实觉得难舍难分啊。要说心疼嘛，也确实有点那个……"

雪子上了粗茶。

"哎哟，太太，我这可承受不起啊，"她拿腔拿调地说，"太太，也没请个女仆，大冬天的就这么过来的吗？可真是能忍啊。"

"我想先两个人这么过段日子。"雪子干脆利落地回答。菊治一愣。

"不好意思，是我失礼了。"近子点点头，"太太还记得这个织部茶碗吧，肯定印象深刻。作为贺礼送给你们，再没有比它更合适的了……"

雪子有点疑惑不解地望着菊治。

"太太也坐到火盆旁边来吧。"近子说。

雪子靠近菊治坐下来，手肘几乎与他贴在一起。菊治莫名地想要笑，但忍住了，对近子说："送给我的话不敢当，还是让我买下来吧。"

"这哪里使得，令尊送给我的东西，我再怎么不济，也不能把它卖给你啊。你想想看……"近子又正儿八经地接着说，"太太，可是好久没见你点茶了。像太太这么态度认真、气质优雅的大家闺秀，可是再也找不到第二个了。圆觉寺的茶会上，太太用这个织部茶碗给菊治少爷第一次上茶的情景，我到现在还记得清清楚楚的呢。"

雪子没有吭声。

"你要是能用这个织部茶碗再给菊治少爷点一次茶，那我把它送过来就更值得了。"

"只是家里已经没什么茶具了。"雪子低头回答。

"哟，别这么说，只要有茶刷就能点茶……"

"嗯。"

"那就好好爱惜这个织部茶碗吧。"

"嗯。"

近子瞥了一眼菊治，说："说没什么茶具，不是还有那个水罐吗？那个志野瓷……"

"那个我已经用作花瓶了。"菊治匆忙答道。

这个水罐本是太田夫人的遗物纪念品，菊治没有卖掉它，而是带到了这个家，放在壁橱里，如同忘记了一般。近子冷不丁又提起这个，让菊治的心怦怦直跳。

可以想见，近子对太田夫人的恨意到现在都没有消除。

雪子把近子送到门外。近子在门外望着天空，说："街灯把整个东京的天空都照亮了……天是越来越暖和了。不错，不错。"说着，她耸着一边肩膀，摇摇摆摆地走了。

雪子坐在玄关没有动，说："一口一个太太，也太装腔作势了，好讨厌。"

"确实讨厌。估计她以后不会再来了。"

菊治也在门口站了一会儿。

"不过，她说的那句'街灯把整个东京的天空都照亮了'，还挺有意思。"

雪子走下去，开了大门，瞅了一会儿天空。她正要关门，回首见菊治也在遥望天空，犹豫了一下。

"我要关门吗?"

"好啊。"

"是真的暖和起来了。"

回到餐室,等雪子将织部茶碗收拾起来,菊治说想上街走走。

他们上了住宅区的高台地。在没有行人的角落,雪子伸手过来牵住了菊治的手。尽管她很注意保养,但冬天的冷水还是让她的手变粗糙了,手掌也变硬了。

"那个茶碗,她不是真的想送给我们,而是要卖吧。"

"嗯,是要卖的。"

"我就说嘛,她是过来卖茶碗的。"

"那倒不是,是我想去茶具店卖掉它。把卖回来的钱再给栗本就行了。"

"哦?是要卖掉它?"

"那次在圆觉会的茶会上拿出那只茶碗时,你不也听见了吗?刚才栗本也讲了,这是家父送给她的。而在家父之前,它是太田家的收藏。这个茶碗的来历就这么复杂,因此……"

"我对这些事是不在乎的。要是好茶碗,那就留着呗。"

"这只茶碗当然是好的。可正因为是好茶碗,为它自身着想,也该把它卖到茶具店,让它下落不明才好。"

菊治不经意间顺口用了文子信中"下落不明"这个词。他从栗本近子那里要回茶碗,也是遵照了文子信中的请求。

"那个茶碗有其作为茶碗的高贵的生命,就让它脱离我们独自生存下去吧。我说的'我们',并没有包括你啊……它自身有着强烈的美,不该让它与病态的虚妄的执念纠缠在一起。然而我们伴随着茶碗的记忆却是千疮百孔,只能用这样不干净的眼光来看待它。我说的'我们',总共也不过五六个人。而自古以来,已经有好几百人将这只茶碗视若珍宝地留存下来。自它制成后算起,该有四百年了吧,太田先生、我父亲和栗本拥有它的时间,就茶碗而言,实在短暂得算不了什么,就像微云投下的影子一般。等我们这些人相继辞世,那只茶碗还能留在谁那里,仍旧美丽如故。这样就够好了。"

"哦,原来你是这么想的。那不卖掉岂不是更好吗?我是怎么样都行。"

"我不是舍不得它,我一向对茶碗没有执念。我只想从那只茶碗身上洗濯掉我们的污垢。把它留在栗本手上,我感觉很不自在,就比如在圆觉寺茶会那次。茶碗不该纠缠在人类的丑恶因缘里。"

"听你这么说,好像茶碗比人更了不起。"

"也许吧。我对茶碗并不在行,不过几百年间,有眼光的人把它传承下来,我总不能将它打碎了。还是让它下落不明吧。"

"我是觉得将这只茶碗作为往事的纪念保留下来,也蛮好的。"雪子用清澈的声音又说了一遍,"虽说现在我还不懂得怎么鉴赏茶碗,可是有朝一日懂得了,看到它估计会很开心吧。以前那些事我是无所谓的,不过要是卖掉它,今后回想起来,不觉得落寞吗?"

"不会的。这只茶碗注定是要跟我们分离,下落不明的。那是它的命运"

菊治从茶碗说到了命运,不由得想起了文子,胸中一阵尖锐的刺痛。

两人漫步了一个半小时后,回到家中。

雪子将火盆里的火移到被炉里的时候,忽而用双掌捂住菊治的手,就像是让他感受一下右手与左手温度差别似的。

"栗本师傅送来的糕点,你要吃点儿吗?"

"不想吃。"

"哦,除了糕点,她还送来了浓茶,说是从东京买来的。"雪子心无挂碍地说。

菊治将包着织部茶碗的包袱放到壁橱里,又看见放在里面的那个志野瓷水罐。他寻思着,等哪天把它和茶碗一起卖了。

雪子擦去脸上的面霜,拔下发卡,备好睡觉的床铺,又甩了甩头发,一边梳头发一边说:"我也想把头发剪短,你觉得怎么样?只是会让人看到后脖颈，觉得怪不好意思的。"说着，她撩起后面的头发给他看。

大概是口红比较难擦掉，她把脸贴近镜子，张着嘴，用纱布擦了擦嘴唇，又打量了下镜子里面。

黑暗中，二人彼此温暖着身体，菊治沉入自己的内心深处：这样下去，到什么时候会冒渎那神圣的憧憬呢？然而，最纯洁者不会被任何东西玷污，因此可以宽宥一切。莫非那种事就再也不可能了吗？他反复设想着救赎自己的办法。

雪子睡着了，菊治抽出自己的胳膊。一离开雪子的体温，他便感到可怕的寂寞。到底还是不应该结婚啊。懊悔啃啮着他的心，冰冷的邻床在等待着他。

三

接连两天，一抹淡淡的桃红色隐约弥漫在黄昏的天空。

菊治坐在回家的电车上，望着路边新建成的大楼。窗口透出的灯光白晃晃的，大概是荧光灯吧。像是为了表达大楼新建成的满心欢喜似的，所有房间都亮着灯。

大楼斜上方，挂着一轮将近圆满的明月。

菊治到家时，空中的那一抹桃红色不知是不是渗入了日落之处，犹如沉没下去一般，化成了一片晚霞。

快到家门口的拐角处，菊治有些不安，把手伸到上衣口袋里摸了摸，确认那张支票还在那里。

雪子从邻居家出来，小跑着进了自家家门。他看到了她的背影，雪子却没注意到他。

"雪子，雪子！"

雪子从房门出来了，说："你回来了？刚才看见我了吧？"一说，她脸上泛起了红晕，"我刚才去邻居家接了妹妹打来的电话……"

"嗳？"菊治有些意外，什么时候起，邻居家给他们代转电话了呢？

"今天的天空跟昨天傍晚一样,比昨天更晴朗,天气也更暖和了。"

雪子抬头望着天空。

换衣服时,菊治掏出支票放在了茶柜上。

雪子低着头,收拾着菊治脱下来的衣服,一边说:"妹妹打来电话说,昨天是周日,她和爸爸本来想过来看望我们的……"

"来这里?"

"对啊。"

"要来,那就来呗。"菊治漫不经心地说。

正拿着刷子刷裤子的雪子停下手,像是要反驳似地说:"你说'要来就来',可是我前几天已经写信跟他们说暂时先别过来了。"

菊治有些诧异,险些就要问出口:为什么要写信推辞。可他猛然想到,雪子大约是因为没有跟自己成为真正的夫妻,才会害怕父亲前来的。

然而,雪子随即抬起头,对菊治说:"父亲是想来的。我们邀请他过来一次吧。"

菊治就像让雪子明亮的眼睛迷住了,说:"不用我们邀请,他也可以过来啊。"

"因为是女儿嫁出去了嘛……不过,可能也未必就是这个缘故。"雪子爽朗地回答。

比起雪子,菊治是不是更害怕雪子父亲过来呢?在雪子提及此事之前,菊治从未留意过,自家还没有招待过雪子的父母和兄弟姐妹。可以说,他几乎忘记了雪子娘家那边的亲人。他的心神都被与雪子这种异常的结合占据了,或者说正是因为没有真正结合在一起,他无暇考虑雪子以外的人。

只是,菊治这种无力状态,也许是因为对太田夫人和文子的回忆总像是蝴蝶的幻影一般,盘旋在他脑际不肯离去。在他头脑的黑暗的底部,感觉可以看到蝴蝶在飞舞。那不是太田夫人的幽灵,而是菊治悔恨的化身。

不过,雪子写信不让父亲过来这件事,足以让菊治醒悟到雪子隐藏的暗暗的悲伤与困惑。而令栗本近子感到不解的在冬天没有雇佣女仆这件事，也许是雪子害怕女仆嗅到他们夫妇间的秘密吧。

尽管如此，菊治眼中的雪子大多时候都是光彩照人、活泼开朗的，他很难认为这都是她为了体贴自己而故意作出的样子。

"你那封信是哪一天寄出的？就是说不让父亲他们来的那封信……"

"那个……大概是过了年，正月初七以后吧。过年时，我们不是一起回老家了吗？"

"那是在正月初三的时候。"

"从那以后又过了四五天，我把信发了出去。还记得正月初二的时候，父母都在家忙着招待客人，是妹妹一个人过来拜年的……"

"对，她当时说了让我们次日去横滨……"菊治回忆起来了，"不过，写信跟他们说不要过来，不大妥当啊。我们请他们下周日来吧，怎么样？"

"嗯，爸爸会很高兴的，妹妹肯定也会跟着过来。爸爸一个人来，可能会有些难为情。有个妹妹真方便啊。事情就是这么有意思。"

妹妹在场，雪子也会觉得轻松些吧。雪子肯定不想让父亲看出他们的婚姻缺乏实质。

雪子好像已经烧好了洗澡水。菊治一进小浴室，就听到她在试水温的声音。

"你先洗澡再吃饭咯？"

"好啊。"

泡澡的时候，雪子在玻璃门外叫他。

"茶柜上的支票是怎么回事啊？"

"哦哦，是我卖那个织部茶碗的钱，到时候要给栗本的。"

"一个茶碗有那么贵吗？"

"不，家里那个水罐也卖了。"

"咱们的钱占多少？"

"有一半吧。"

"哪怕一半,也是好大一笔啊。"

"嗯,拿来做什么好呢?"

织部茶碗的事雪子已然知晓,他们昨晚散步时谈过了。不过,对于志野瓷水罐的来历,雪子却一无所知。

站在玻璃门外,雪子说:"咱们不花掉,拿来买股票怎么样?"

"买股票?"菊治有点意外。

"嗯,是这么回事……"雪子打开玻璃门进来,"父亲曾经把相当于那笔钱的一半的钱给我和妹妹,每人一半,说要我们拿去增值。我们就存到了经常跟我们家来往的股票商那里,让他替我们买靠谱的股票。要是跌了就留着不卖,等涨了再卖,再买别的股票。这样渐渐地积少成多,就增值了。"

"是吗?"从雪子的话里,菊治能看出雪子娘家的家风。

"那一阵子我和妹妹每天都看报纸上的股票栏。"

"现在那股票还在你手里吗?"

"在啊,一直都存在股票商那里,我自己没见过。只要跌的时候不卖,就不会亏的。"雪子单纯地说。

"这么说,咱们把这笔钱也存到你说的那个股票商那里去?"

菊治笑盈盈地望着雪子。雪子系着白围裙,脚上套着红色短袜。

"要不你也进来暖和一下吧。"

雪子眼角洋溢着美丽动人的羞涩。

"我还要去做晚饭哪。"说着,她轻巧地出去了。

四

到这周的星期六,就进入三月了。

由于爸爸和妹妹明天过来,雪子晚饭后便一个人上街去买东西了。她买回一些水果和鲜花,又去打扫厨房,一直忙到很晚。然后她坐在镜台前,梳理了好一阵子头发。

"今天我好想剪短头发来着。你前几天也说剪了好,可是我转念又一想,也不能让爸爸看见觉得太意外吧,因此就只是理了个新发型。可是我对这个发型又不满意,总觉得别别扭扭的。"她自言自语地说。

进了被窝,雪子还是无法平静下来。菊治想到她为了爸爸和妹妹的到来那么兴奋,有点嫉妒,可又觉得这也许是雪子内心感到寂寞的缘故。于是他温柔地抱住了雪子。

"你的手好凉啊。"菊治把她的手放在自己胸口,又用胳膊揽住她的脖颈,另一只手从袖口伸进去抚摸着她的肩膀。

"说点什么话吧。"

雪子移开自己的嘴唇,脸动了动,说:"有点痒啊。"菊治拂开雪子脸上的头发,撩到她耳朵后面。

"你说要我说点什么,还记得在伊豆山说的话吗?"

"不记得了。"

菊治不会忘记。那时,在黑暗的底部,他闭上颤抖的眼,想起了文子,想起了太田夫人。他卑劣地挣扎着,想借助这些痴心妄想,来获得践踏雪子的纯洁的力量。明天,雪子的父亲就要过来了,今晚能否成为界限呢?菊治又想起太田夫人那女人的浪潮,却越发感受到了雪子的清纯。

"讲点什么话吧,雪子。"

"我现在没有什么话要讲啊。"

"明天见了爸爸,打算跟他说些什么呢?"

"见了爸爸,到时候就知道说什么了。爸爸只是想来我们这里看看。见我们过得幸福美满,他也就放心了。"

菊治一动不动,雪子把脸贴在他胸上,他还是一动不动。

第二天上午十点多,雪子的爸爸和妹妹过来了。雪子忙前忙后地张罗,与妹妹两个人有说有笑的。午饭准备得比平常略早些,正要开饭,栗本近子来了。

"有客人来啊,我只要跟菊治说几句话就行。"

菊治听见她在门口说话的声音，起身过去。

"那个织部茶碗你卖了？存心要卖掉才从我这里要过去的啊？那为什么要把卖得的钱给我呢？"近子一连串地问道，"本来想当天就过来问个清楚的，但又不是周日，我想你也不在家，急得我够呛。虽然说晚上过来也行，可又想……"

近子从手提袋里掏出菊治的信。

"我还是把这个还给你吧，那笔钱分文没动都在里面，你点一点。"

"不要，我希望你把钱全都收下。"

"为什么要我收下？难道这是分手的赡养费吗？"

"别开玩笑，我跟你谈什么分手费？"

"也对啊，哪怕真的是分手费，又何必卖掉那个织部茶碗再来给我这笔钱，这不是很荒唐吗？"

"那是你的茶碗啊，所以卖了的钱也得给你。"

"我把茶碗送给你，是因为少爷你想要，我也觉得作为你们新婚之喜的纪念品，再好不过。对我来说，也是你父亲最好的纪念品了。"

"你就当我用这笔钱把它买下来不就行了？"

"那可不成，我再怎么穷困潦倒，也不会把你父亲送给我的东西卖给你啊。之前这事儿我不是说明白了吗？况且，你不是把它卖给茶具店了吗？你非要我收下这笔钱，那我就只能去茶具店把它赎回来了。"

菊治心想：自己当时没在信里如实写上"谨奉上卖与茶具店之款项"就好了。

"哎呀，请进屋吧。住在横滨的父亲和妹妹过来了，不要紧的。"雪子温文尔雅地说。

"你父亲？哦，是他们啊？那可巧了，我正好见见他。"

近子蓦地肩膀松弛下来，孤寂地点点头。

十六岁的日记

紫鸾 / 译

此篇及之后篇目均为紫鸾翻译。

五月四日

从学校回家时,约莫五点半。为了不受人打扰,我将屋门都关好了。只有祖父在家,他平时都躺在床上,不方便活动,如果有人来就很麻烦。(祖父因患白内障而失明了。)[1]

"我回家了。"我朝屋里喊,却无人应答。屋里一片寂静。顿时,寂寥与哀愁涌上心头。走到离祖父床边不到两米的地方,我又说:

"我回家了。"

再走近一米,我又大声喊道:

"我已经回家了。"

我靠近到距离祖父耳朵不到五寸的位置,继续叫道:"我回家了。"

"哦,回来啦!早上没让你帮忙尿尿,我就一直哼哼着等你回来。而且,始终朝着西躺的,都没翻过身,只是一直在哼哼。是要朝着西躺,对吧?嗯!"

"用点力,再抬一点……"

"好了,这样可以了,盖被子吧。"

"还没好呢,还要再弄弄。"

"有没有那个(此处有七字看不清楚)……"

"嗯,还没弄好,重新来吧!来呀!"

"好了,总算舒坦了。帮我翻一下。水是不是开了?一会儿还要帮我尿尿。"

"等等,没那么快。"

"知道!我都知道。不过还是事先把事都说清楚。"过了一会儿,祖父又喊了起来,"孙儿,丰正孙儿,快点!"那声音有气无力,如同从死

---

[1] 文中括号里的文字,是二十七岁时作的说明。

人的身体里发出来的,"帮我尿尿,帮我尿尿。喂!"

祖父无法在床上活动,只能哼哼。我不知所措地站着。

"该怎么做?"

"尿壶,把尿壶拿来,帮我塞一下。"

虽然心不甘情不愿,但我也没有别的办法,只能脱下祖父的裤子,按他的吩咐做。"有没有进去?可以了吗?放进去了,感觉怎样?"

难道祖父自己感觉不到吗?

"呀,呀,痛,痛!好痛呀!呀,呀——!"每当小便时,祖父就会痛得直叫,而尿壶的底部就会传出如同山溪般的水流声。"呀,好痛呀!"祖父痛苦的呼叫声让我不由得哭了。水烧开了,我给祖父泡了粗茶,伺候着祖父一点点地喝。祖父的脸已经瘦得皮包骨了,他的头上仅剩几根白发,几乎秃顶。他的手骨瘦如柴,总是哆哆嗦嗦的。喝水的时候,细长脖子上的喉结随着每一次吞咽而动。他就这么喝了三杯水。

"好喝,太好喝了!"他咂巴着嘴,"就靠这个补气了。你给我买的那些好茶,听说都不能多喝,否则就有害处。还是粗茶好。"

休息了一会儿,祖父问:

"写给津之江(祖父的妹妹所住的村庄)的明信片有没有寄出去?"

"嗯,今天早上就寄了。"

"哦,好的。"

难道,祖父意识到了什么?是他的预感?(祖父很少跟妹妹通信,但他却让我写了封明信片,请她来。我很恐惧:难道是祖父预感到了死亡?)我直直地看着祖父苍白的面孔,直到眼睛模糊。

我看书时,有人来了。

"美代吗?"

"嗯。"

"怎样了?"

一种强烈的不安涌上了心头,我从桌边转过身去。(当时,我家的客厅放了张大桌子。那个叫美代的农家妇女,年纪在五十上下,每天早晚到我家帮忙煮饭,另外做些杂事。)

"今天我去找了那个占卜的人,说他七十五岁的年纪,一直卧床不起,这三十来天吃得下东西,却一直大便不畅,所以来跟他讨教。他说,这人年纪太老了,但不会出什么意外,应该是老年病。"

我们两个都发出悠长的叹息,美代又说:

"他说,之所以吃了东西却没有大便,是东西都被肚子里的怪兽吃了。不过,也不需要吃得比现在更多。他说那怪兽很喜欢酒。我问起怎么做,他就说:要给病人讨妙见菩萨的画像,然后用幸运草熏房间。虽然被怪兽附体了,但只要花时间调整,是不会有什么大问题的。但他原本连干松鱼都吞不下,现在却能一口吞下寿司、饭团之类。他每次吃东西时,每吃一口,喉结就动一下,咕嘟咕嘟的,让人无法放心。狐仙降到巫女的身上,喉结就会那样咕嘟咕嘟地动。上次,他还喝了那么多的酒。也不知道今天算的究竟准不准。"

"说什么话呢!"

我不好当面批评她太过迷信。但由此,我感到了无法言说的冲击。不安感让我茫然无措。

"我回来后,就跟他说,已经去五日市(村名)看过医生了,他问:医生有没有说我快死了?我说,医生认为不会有什么问题,就是年纪大了,总会有些不适。既然大便有三十来天不顺畅了,好歹还是请人家来看看才好。"

"对了,我一回来就点了线香,还说:这个家里的气从来都是很正的,不可能有那家伙(怪兽)无缘无故地来谋害人。如果想要吃东西,只要说一声,马上就给它送过去。滚,滚出去!我想这么正大光明地将它撵出去。明天,我就在屋子的西北角放些供品。要驱邪的话,好像还要从仓库拿把刀,把刀刃磨快了,放到卧室里。明天,我会再去狐仙那里讨方法。"

"太神奇了,都是真的吗?"

"那是当然。"

——我走到祖父床边。

"爷爷,小野原(村名)那里有个叫狩野的人寄了封信来。你是不是有向他借过钱?"

"哦,借了的。"

"什么时候的事?"

"应该是七八年前吧。"

"哦。"

又是这样突然的发现!(祖父到处借钱,最后每一笔都落到我身上。)

"你怎么可能还得了这么多!"美代道。(我曾跟美代说过钱的事。)

——吃完饭时,我看着祖父吃紫菜卷寿司,心里不由得呐喊:啊……那会不会是怪兽在吃东西?看他的喉结,在上下地动。食物进的其实是人嘴,这也太荒唐了!但"怪兽在吃"的话,已经深入我的脑海。我到仓库去取了把剑,在床上挥了挥后,放到了棉被下。后来,我自己也感到好笑。但美代对此很重视,看到我对着屋里的空气砍杀,就鼓励我:

"对的,就是这样,好!"

如果旁边还有别人,一定会把我看作是个疯子,嘲笑我。

不久之后,暮色降临。

"美代,美代!"夜幕中传来颤抖着的微弱呼叫声。我正在看书,这之后总能听到美代的脚步声走向祖父的方向。后来,美代大概是回家了,我就去伺候祖父喝茶。

"对,就这样。好,对的!大口点。对,大口地喝!"祖父的喉结又开始咕嘟咕嘟。这真的是"怪兽"在喝吗?荒谬!简直太荒谬了!怎么会有这样的事发生?我已经是中学三年级的学生了……

"呀,真好喝。好茶呀!越是清淡,越好。呀,太好喝了!对了,烟呢?"

我举着油灯靠近祖父,朝他脸上照,见他微微地睁着眼。

"有事吗?"他问。我一直认为,祖父的眼睛是不能再睁开的,可现在,这眼睛却睁开了。我高兴极了,如同一道光照进了黑暗。(我并非觉得祖父的失明能被治愈。但当时祖父总是紧闭着眼睛，我就一直担心他会就此死去。）

——我写这段日记时，想了很多。我好几次因为刚才舞剑的事而发笑。太愚蠢了！但"肚子里的怪兽在吃东西"的话，已在我心中扎下了根。……差不多九点了。虽然根本没有什么"怪兽附体"，但我却像是被洗了脑，越来越相信这种说法了。

——十点十分，美代专程来帮祖父尿尿。

"想翻个身吗？这次是朝哪个方向？哦，想起来了，朝东对吧？"美代说，"加油，用力！"

"嗨……"

"加油。"美代继续说。

"嗨……"声音很是痛苦，"这不是朝着西的吗？"

"休息吧，事都做完了，我也要回去了。"

过了一会儿，美代就走了。

五月五日

早上，我刚听到麻雀的叫声，美代就来了。

"哦，有两次？十二点和三点，都帮他尿过了。你这么小，就做这些，真是难为你了。你就把这当作是在报恩……这个阿菊，把孩子生下来就放在我那儿了不管了。真是的，只知道生孩子，不知道养。"（阿菊是美代的儿媳，刚刚生了第一个孩子。）

报恩——我从这话中感到了很大的满足。

上学时，学校就成了我的乐园。把学校作为乐园——这不正如实地表现了我现在的家庭情况吗！

——傍晚六点时，美代到了。

"我又去了，但对方还是那样说的。也太奇怪了，人家说，不一定是因为怪兽，但总归是招了什么灾祸，以至于'邪魔附体'了。那也不是不懂道理的东西,'但还是会吵闹。'……说这是老年病,'不会很快过世,不过身体会逐渐地衰弱。'"

逐渐地衰弱。——我心中不断地念着这句话,叹息道:"真的吗?"

"另外,狐仙说中了一点:'最近会好一些,不会胡乱地吃喝了。'——今天他不是很乖吗?跟个孩子似的!"

狐仙能说中病人的情况,让我很是惊奇。但我也感到疑惑:灾祸——"邪魔附体",都真的存在吗?

家中仅剩的钱被拿去买了线香,烟气盘旋在床边,而明亮的宝剑就被横放在地上。

美代说:"如果到了夏天,就麻烦了。"

"为啥?"

"那时候田里忙,我实在没法过来。看这样子,应该不需要坐到火盆那儿去吧!"

唉,等我将这一百张稿纸写完时,祖父的身体,祖父那不幸的身体将会变成什么样子呢?(我为了写日记,准备了一百张稿纸,想连续写完。但我担忧祖父会在我写完之前就死去。说不定写满一百页,祖父就好起来了。——我始终带着这样的思绪。正是因为预感到了祖父的死,我才想至少用日记的方式,记录下他的一些点滴。)

——病人不再自相矛盾地说话。但"邪魔附体",这是迷信的说法,还是真的事实?

五月六日

"孙儿是上学去了吗?"祖父问美代。

"哪里,这都晚上六点了。"

"哦,是这样的啊。哈哈哈哈……"寂寞的笑声传了过来。

两条很细的紫菜饭卷,这就是他的晚饭,可以方便地放进嘴里吞咽。

"这样会不会吃得太多?"今天他竟然这样问。我在浴室里听到这句话，感到实在是罕见。

一会儿，祖父又问：

"是不是天还早？我怎么肚子都饿了。是不是孙儿吃之前，我已经吃过了？"

"你刚刚不是才吃过？"

"真的吗？"

他再也没说别的，只是发出一阵笑声。泡在水里的我感到一阵孤独。

——夜里，家里只有挂钟和气灯的响声。"啊，难过，难过，啊，太难过了！"漆黑的里屋传来断断续续的呻吟，仿佛在向上苍倾诉。很快，声音停了，一切恢复了平静。不久之后，又是痛苦的短促叫声："啊，啊，呀，嗯，难过啊！"

这痛苦的短促叫声，在我睡着前时断时续地传来。在这样的呻吟中，我反复记起"不会很快过世，不过身体会逐渐地衰弱"的话。祖父的意识确实逐渐地清醒，有了常识，进食情况也得到了控制。

但，他的身体却逐渐地……

五月七日

"昨晚小便了一次，又因翻身、喝茶起了两次。爷爷还埋怨我总是拖拖拉拉地，他说自己喊得都快断气了。但我睡的时候都快十二点了，怎么都醒不过来。"

早上，美代一来，我就向她诉苦。

"太可怜了。要不是头疼，我也会待到十二点，中午也可以来两个小时。你爷爷可以说是在哭着过日子。我每过一小时就来。"昨晚，我在熟睡中被祖父叫醒。病人的话，通常都毫不讲理，强人所难。我气得想咒骂他，可静下来想到自己的不幸，又不由悲从中来，泪流不止。

我去学校的时候，祖父问："我什么时候才会好起来？"

那声音中，只能听出一丝希望。

"等气候平稳了,就应该会好起来的。"

"拖累你了,抱歉。"他轻声地说着,话语中是对怜悯的乞求。

"我梦到伊势大神宫的佛像,都来我家了。"

"对大神宫有信仰很好。"

"我听到他们在说话,这难道不算一件幸运的事吗。无论神还是佛,都没有抛弃我,让我很是激动。"祖父的话语中,流露出溢于言表的满足。

——放学回家时,房门大开,家中却一片寂静。

"我回家了。"我连着说了三次。

"哦,是孙儿吗?等会儿要给我尿尿了。"

"好的。"

没有什么是比这个更让我讨厌的事了。吃完饭后,我掀开了祖父的被子,用尿壶接尿。可十分钟后,他还是没有尿出来。由此可见,祖父肚腹的力气已弱到怎样的情况了。等待的时间里,我不由得埋怨,说了些发自心底的挖苦话。祖父一个劲儿地朝我道歉。看着他逐渐消瘦,那张苍白的面孔上浮现的死亡阴影,我很是难堪。

过了一会儿,传来虚弱而凄惨的声音,"呀,好痛,太痛了,呀……"我听着这声音,心情无比难受。之后,溪水般的声音又响了起来。

——夜里,我翻桌子抽屉时,发现了一本《宅屋构建安危论》。这本书由祖父口述,自乐(住在邻村的祖父弟子,跟祖父学习易学和房屋风水。这本书就是关于房屋风水的书。)笔录而成。祖父想将此书出版,他不断努力,又跟丰川(大阪的有钱人)讨论过,最终还是没有成功。现在,这本书的草稿已被人忘却,只静静地在抽屉里藏着。唉,可以说,祖父的一生中,没有一样理想得到实现。想要做的事统统失败了,他在心里究竟会做何感想?在这样的逆境里,他竟然活到了七十五,心脏也够强大的。(我始终觉得,祖父能够在悲愁中活到这么大的岁数,最重要的便是他强大的心脏。)他的好几个子孙都先他而去,身边连个说话的人都没有,眼睛耳朵都不好使(他的眼睛瞎了,耳朵又背),深陷在彻底的孤独中。寂寥的哀愁,便是祖父最真实的写照。他把"哭着过日子"当作了口头禅,这对祖父来说确实是真实的。

（祖父在八卦和房屋的风水一道,很有名气。他说得准,所以有人大老远地来找他算命。祖父就此觉得,如果能将《宅屋构建安危论》进行出版,就能避免世上不少的灾祸。当时的我,对祖父的学说说不上相不相信,带着一种含混模糊的情绪。不管如何,虽然住在乡下,但作为一个中学三年级的十六岁学生,我竟然在祖父便秘了三十天后,没有去请医生,而是请狐仙,还对其所说的"邪魔附体"将信将疑。现在想想,简直是荒唐。

祖父认识有钱人丰川,是在一家寺庙里。村里有一个尼姑庵,是我家祖先以前修建的。寺庙建筑和山林田地都在我家名下,就连尼姑也是我家的户籍。这座寺庙属于黄檗宗,供奉着虚空藏菩萨。每年的"十三拜"时,邻近乡村的十三岁孩童都会聚集于此,非常热闹。但后来,村北四公里处的一个有名的僧人决定搬到这个寺庙。祖父激动非常,就将尼姑赶走,还放弃了寺庙财产的所有权。改建后的寺庙金碧辉煌,甚至连名字也改了。寺院改建期间,虚空藏菩萨及其他的几尊佛像,就被寄放在我家的客厅。我家的没钱铺席垫,客厅原本只能铺藤席,但因为有了佛像的缘故,客厅里铺上了新席子,绿草般的味道弥漫在房间里。因对这位新来的名僧的崇敬,而捐资修建寺院,并帮我家客厅铺新席子的人,就是有钱人丰川。）

——祖父的善良,是不时有所体现的。

今天早上,美代告诉我:

"生子的喜饼,我之前就准备了三十家的。但现在发现,有些人家之前没有计算到,却也来恭贺了。现在麻烦的是,喜饼不够送,又没办法再凑。"

"啊,准备了三十家的也不够送吗？这个村子也没有五十家人,就有那么多人家去恭贺你们！"

随后,我就听到了哭声,祖父竟喜极而泣。（美代是家境贫寒的雇农,居然有那么多人来恭贺,祖父为此而高兴。）

——因为我一直在伺候祖父，美代可怜我，晚上八点准备离开前，就问祖父：

　　"尿过尿了吗？"

　　"尿了。"

　　"好，我过一会儿再来。"

　　"我也在的，但你来更好。"我的话只说了一半，终究没有说完。

五月八日

　　早上，等美代来的期间，祖父始终在唠叨我，抱怨我昨晚态度过于生硬。我确实有做得不对的地方，但半夜被叫起来几次，任谁都会脾气不好。而且，我最讨厌的就是帮祖父尿尿。美代劝我：

　　"我知道，他这样光是抱怨，只想自己的不舒服，不为照料他的人考虑，确实无法让人忍受。但你也要想，你是因为和他之间的关系，才会照料他的。"

　　今天早上，我气得什么都不想管。原本我每天上学前都会问祖父是否需要帮忙，但今天我却默不作声地出了门。放学回到家中，我心中又涌起了对祖父的怜悯。

　　美代告诉我：

　　"今天我跟你祖父说了上次算命的事情。他说你去得好，说自己那时感觉糊里糊涂的，但还是记得什么东西都能吃上两口，而且喝下了不少东西。"

　　听到这儿，"怪兽在肚子里吃东西"的话，又浮现在了我的脑海。

　　吃完晚饭，祖父说：

　　"相谈甚欢啊，可以安心了。"

　　太可笑了，他竟然说了"安心"这个词。

　　"处境都这般困难了，有什么可以安心的呀？"美代不由得笑了。

　　祖父突然说道：

"是不是又该给我弄吃的了？"

"你刚才不是才吃过了吗？"

"吃过了吗？我都忘记了。"

我吃惊地看着祖父，不由感到悲凉。祖父说话的声音日渐微弱，很难听清楚究竟说的是什么。而且，他会不断地重复同样的话，多达十几遍。

我到桌子前坐下，将稿纸摊开来。美代则坐在那里，准备听祖父说些亲密话。

（我这是打算将祖父说的话一句不落地记录下来。）

"孙儿啊，银行的图章你知不知道？真的吗？不要在我活着的时候用。（不知道他为何这样说。）——我搞砸了很多事情，将老祖先留下的财产都败光了。但我这一生，还是有过努力的。我甚至还到过东京，去见了大隈先生（大隈重信侯）。现在待在家里，竟变得这么虚弱了。——松尾那里有十七町（一町约有 9918 平方米）大小的田地，我本想在有生之年将它们变成你的财产，但终究没有成功。（祖父曾做过很多生意，如种茶树、制作寒天等，但都以失败告终。他还时常测量房屋的风水，房子造了又拆，拆了又造。就此，他不得不一次次将田地、山地低价卖掉。这些变卖掉的财产，一部分集中在了一个叫松尾的人手里。他是个酿造滩酒的老板，祖父就想，至少能把他手里的财产弄回来。）如果你的手里有十二三町大小的田地，未来也没有什么可以担忧的，大学毕业后也没有必要为生计而各种忙碌。如果只能靠岛木（叔父的家）和池田（伯母的家）抚养你，那就太可怜了！相反的，如果那些田是孙儿你的，我死之前就可以跟御前师傅（前面提到的搬到这里来的名僧）说好，这个家就可以由你一力支撑。如果能跟鸿池（指有钱人）一样富有，还当什么小职员。为了这个想法，我打算去东京一趟，但却没有成行。但我又不甘心，盼望着你能早一天有支撑家族的能力，不用靠他人来照顾。要是我的眼睛能看见，去大隈先生那里一趟也不算什么大事。唉，我无论如何都想去东京一趟，去找慈光师傅、瑞圆师傅（御前师傅的弟子）还有西方寺（村里的另一个寺院——檀家寺）商量啊！"

"你真这么做了，只会被看作是东村的疯子。"

（祖父要去东京见大隈重信，有他的目的。他以前就懂一些中医中药的知识，父亲是一名毕业于东京医校的医生，所以他又多少懂了些西方医学。他把学到的西医西药跟自己原本知晓的中医中药相结合，在乡下给人开了很长时间的药方。祖父对自己的能力有着坚定的自信，让他的这种自信进一步强化的，是村中流行赤痢的那年，也就是前面写到的尼姑庵改建时将佛像寄存在我家客厅那年的夏天。当时这个只有五十户人家的村子中，平均每家就有一人得了赤痢。村里一片混乱，不得不新建了两处用于临时收容病人的医院，就连田地里都飘荡着消毒剂的味道。村里人都认为是搬动了尼姑庵中的佛像，遭来的报应。但祖父用自己的配方减轻并治愈了部分赤痢患者的症状。为了让患者得到治疗，他偷偷地藏起病人，给他们服用自己配的药，使这些患者痊愈。于是，临时收容病人的医院里，有的患者不服用医院的药物，而改用祖父配的药物。那些医院不接纳的患者，更是直接得到了祖父的治疗。虽然不知道祖父的药在医学方面到底有多大的价值，但其效果之神奇，却是不争的事实。所以，祖父想要将这副药进行推广，还让自乐（祖父的弟子，前面写到过。）替他写了申请书，最后获得了内务省颁发的三四种药物的售卖许可。但最终，也只印了五六千张"东村山龙堂"的店名包装纸，生产工作没有任何进展。至死之时，祖父也没有忘记这些药物。他如孩童般天真地认为：只要到东京拜见了尊敬的大隈重信侯，就能够获得帮助。除药物之外，他还希望出版《宅屋构建安危论》。）

"我们的家族，从北条泰时就开始延续，至今已有七百年了。而且还会延续下去，最终恢复往昔的辉煌。"

"您这样，简直就是在说大话！就好像马上会实现一样。"美代听得笑了起来。

"我只要还活着，就不会让岛木和池田到家里来。唉，没想到啊，这个家会落到现在的样子。美代，这说起来就是泪啊。你继续听我说，我是这样想的。"

美代笑得停不下来，而我则继续记录着祖父的话。

"我现在只有一口气支撑着，身体已经弱得不行了。如果只是两三千元，还是可以想到办法的，但他们要的是十二三万，这是万万不可能办到的。我去不了东京，如果大隈先生能来这儿也行啊。你是不是觉得我很可笑？别看不起我，我就是能把不可能的事变成可能。美代，你要知道，如果我无法做到，那这个延续了七百年的家族就完蛋了！"

"您之所以这么说，只是在安慰您孙儿吧。但说这么大言不惭的话，又为此感到不安，对您的身体是有害的！"

"你当我傻吗？"祖父严厉道，"只要我还有一口气在，哪怕只有唯一的一次机会，我也想见老人家（大隈先生）一面，不能总是觉得不可能。唉，即便是死，我也要心存这个小小的愿望。你觉得我很傻，是吧。能帮我尿尿吗？如果这也无法实现，那还不如掉进湖里淹死。唉！"

我很平静，却又感到哀愁，始终笑不出来，只能木然地记录着。美代终于停止了笑，用手撑着脸，准备继续听下去。

"我想去东京，可身体却糟成了这样，只会给人招惹麻烦。南无阿弥陀佛！如果这个愿望无法达成，真的不如掉到湖里淹死算了，太没用了！南无阿弥陀佛！唉，我一说振奋自己的话，就会遭人笑话。唉，这样的世界，我真的不想再待下去了！南无阿弥陀佛！"

我感到油灯的光渐渐地黯淡下去。

"呀，呀。"痛苦的叫喊不断地拔高。

"不是说，只要藏首藏脚地活得长久就好了吗。总理大臣五十年间都带着相同的心愿活着。（大隈先生当时是总理大臣。）唉，这样躺在床上一动不动，太遗憾了，太遗憾了！"

美代安慰他：

"这是不走运罢了。等以后您孙儿有了出息，不就好了吗。"

"你说的有出息，那也是有限的吧。"祖父不满地大声叫道，突然看向我。——呀，这个老家伙。

"这虽然没错,但有钱也不一定会让人羡慕。看看松尾,看看片山!能不能守得住财,还是要看人的本性。"(开酒铺的松尾和我家亲戚片山,当时已经家道中落。)

"南无阿弥陀佛。"

油灯的光芒之中,祖父长长的胡子发出了银色的光亮,显出寂寥之意。

"我一点儿都不留恋这里。比起这个世界,我更向往那边。但是,只是缩手缩脚的活着,是不可能达到极乐彼岸的。"

"上次你祖父曾说,想要跟西方寺的和尚商量些事,要我去叫和尚。可人家总是说不在,祖父就此生气了。"等祖父说完,美代就跟我提起了祖父生气的原因。我也生气了,不由得可怜祖父。堂堂和尚竟也会骗人!

"在这世间,你还是个没有毕业的中学生。唉!"

今天,祖父尤其看不起我。

过了一会儿,祖父翻了个身,朝着另一边入睡。我则打开明天有考试的英语教科书,如同进入了一个寸许大小的世界,置身局促之地。今晚,祖父所发出的声音,已经并非来自这个世界了。我不停地思考。等美代走后,我想将我对将来的想法告知祖父,以求宽慰他。夜深时,祖父突然说:

"人这一生,很难预定目标!"这话如同发自肺腑。

"是的,真的很难。"我回应道。

五月十日

早上。

"和尚呢?来了没?"

"没有。"

"最近连自乐先生也没来过。过去他不都是每天都会来的吗?我想请自乐先生看一看面相。"

"不是才相过面吗?这么快,不可能有什么变化的。"

"再请他看一次吧,然后再跟和尚见面,商谈商谈。我的愿望非要实现不可。"

他说得很坚决,很有决心的样子。

"我想见自乐先生。"

"自乐那样的人,在这些事上能说上什么话?"我小声地嘀咕。

五月十四日

"美代,美代呢?美代呀!"我被祖父的喊叫吵醒了。

"怎么啦?"

"美代有没有来?"

"哪有这么早,现在还是半夜两点。"

"真的吗?"

此后一直到早上,祖父每五分钟就会叫美代一次。我被他喊得时睡时醒。约莫五点前后,美代来了。

放学回到家,美代对我说:

"今天他总是为难我,时刻都无法离开。不是尿尿,就是翻身,然后又是要烟要茶。从早上来了以后,我根本没办法回一次家!"

"是不是应该请医生来。"

我以前想过这个办法,但一个好医生是很需要花钱的。而且祖父根本就不认可医生,如果找医生来,他一定会生气。我很怕他会当面骂医生,那就让人难堪了。今天早上他还对我说:

"那些医生,就只会用指甲剪!"

晚上。

"美代,美代呢?美代呀!"

我没有管他的叫喊,而是走到他身边,对着他耳朵问:

"怎么啦?"

"美代也太不管事了，连早饭都不给我吃。"

"您不到一小时前，才吃过晚饭。"

祖父的表情很是木讷，也不知道他究竟有没有听懂我的话。

"需要我帮您翻个身吗？"

祖父小声地嘀咕了什么，但我没听清，再问起来他又不说了，真让人担心。

"我去给你倒些茶，好不？"

"唉，这茶有一点点温度，这茶太冷了。这茶也太神奇了。"

祖父的话让人感到厌烦。

"随你吧。"我默默起身，离开了床边。

一会儿后，祖父又开始叫唤：

"美代，美代呢？美代呀！"

但他就是不叫我。

"又怎么啦？"

"今天你是去池田（伯母家，她家住在镇子上，去那里要走二十多公里路。）家见荣吉伯父了，是吗？"

"说什么呢？"

"你没去吗？那你去哪儿了？"

"没去哪儿呀！"

"这也太神奇了。"

祖父说这些话是什么意思呢？我觉得莫名其妙。我写作文的时候，祖父又开始不断地叫唤：

"美代，美代呢？美代呀！"

祖父的声音又高又急，让人感到窒息。

"怎么啦？"

"给我尿尿。"

"好的，美代都走了，现在是晚上十点了。"

"给我吃了饭没？"

我感到惊诧。

祖父的脚和头上，满布着深深的皱纹，如同旧丝绸单衣上无法平复的褶皱。如果捏着他的皮肤，再放开后，皮肤久久地无法恢复状态。我很是担忧。今天，只要有一点机会，祖父就会说惹我生气的话。每当这个时候，我就觉得祖父的脸逐渐变得邪恶起来。入睡前，我听着祖父断断续续地呻吟，很是不痛快。

五月十五日

由于美代有事，今天起，来家里的是阿常婆（经常来家里的一个老太婆）。我一回家就问阿常婆：

"阿常婆，祖父有没有说什么为难你的话？"

"没有，他什么都没说。我问他有没有什么事，他就说想尿尿，很规矩。"我觉得这是祖父在跟她客气，反倒招人怜爱。

祖父今天的表情很是难受，我就设法安抚他。

"嗯，嗯……"他的声音说不清是在回应，还是在喘气。他一再地呻吟，时断时续，令人难受。这声音在我的头脑中回荡，使我痛苦，仿佛我的生命都被一寸寸地切割了下来。

"哦，哦。美代，美代呢？美代，美代，美代呀！哦，呀，呀——"

"怎么啦？"

"尿出来了，快，快点，接住。"

"可以了，接好了。"

我拿着尿壶等了五分钟，祖父说：

"快点接尿。"

他的感官已经不灵了。我感到他的可怜和可悲。

今天，祖父的身体是温暖的。

有股令人恶心的臭味儿在家中弥漫。

我在书桌旁读书，听到一阵阵悠长而尖利的呻吟。

这，是五月的雨夜。

五月十六日

下午五点左右,四郎兵卫(这是一个已经分户出去的老人。其实我家跟他没有任何的血缘关系,祖父也跟他没有密切的交往。这个分户就是名义上的。)来看望祖父,让祖父很是安适。

"嗯嗯"的呻吟之声就是祖父对他的回应。四郎兵卫跟我说了很多注意事项,最后说:"你这么年轻,就要忍受这些,不容易啊。拜托了。"

他说完就走了。

七点过时,我对祖父说:"我玩一会儿就回来。"回家时,已经十点左右。听到祖父叫着"阿常、阿常",听起来难过极了。我赶紧跑进去问:

"怎么啦?"

"阿常在哪儿?"

"回家了吧。现在都十点了。"

"阿常没有给我弄吃的,是吧?"

"吃过了!"

"可我肚子饿,再给我弄点吃的,好不?"

"可是没有饭了。"

"真的吗?这也太难为我了。"

这段时间,我还没有听到他说什么完整的话。他最近一直重复着一些固定而无意义的句子。我说的话,他听后很快就忘了,又一而再地询问。他的脑袋不知是怎么了。

后　记

日记就到这里。十年之后,我从岛木叔父的仓库中,发现了的日记就只有这些。这些日记是用中学生用的作文纸写的,一共有三十页。可能当时也就只写了这么多,后来就没有再写了。祖父是五月二十四日夜里过世的,这最后一篇日记是写到五月十六日,祖父过世的前八天。十六日之后,应该是祖父的病情发生了恶化,家中一片混乱,故而没有记日记的时间了吧。

但当我发现这些日记时,我惊奇地发现,上面所记录的那些事情,竟然没有一样是我记得的。如果我忘记了这些,那么,那些日子我究竟上哪儿去了?记忆又是在哪里消失的?我对人可能在往昔中消失一事,进行了思考。

但这些日子似乎还活在仓库一角叔父的皮包里,这皮包使现在的我恢复了记忆。我还记得,那个皮包是当医生的父亲用于出诊的。叔父因投机失败而破产了,将房产也赔了进去。我想着在仓库交割前,看看那里有没有自己的东西,便去仓库翻看了一下,结果发现了这个被锁上的皮包。我没有钥匙,就用一把旧刀将皮包从侧面割开,发现里面装的,原来是我年少时的日记。其中,就夹杂着这些日记。看着这些日记,我看到了已被我忘却的过去中那些诚实的情绪。日记所记录的祖父,比我记忆中的祖父更加丑恶。看来,这十年来,我的记忆不断地冲刷着祖父的面貌。

虽然不记得日记中的那些岁月,但医生第一次来以及祖父临终发生的事,我还是有印象的。祖父生平都看不起医生,对他们抱着不信任的态度。可当他真正见到医生后,却立即对医生产生了信任,流着泪向其表示感谢。反而是我,感到似乎遭到了祖父的背叛。这样的祖父,既可怜又令人心痛。祖父过世的时候,正好是昭宪皇太后的大葬之日的夜晚。我当时犹豫着是否去学校出席遥拜仪式。我的中学远在镇子上,要往南走六公里。不知为什么,当时的我很想去遥拜,但又担心我走了以后,祖父会突然去世。于是,美代帮我询问了祖父的意见。

"这是你作为日本国民应尽的义务,你就去吧!"

"我回来前,您都能好好地活着吗?"

"放心,我会活着等你回来的!你放心去吧。"

但是仪式八点举行，似乎要赶不及了。于是我慌忙地跑着，把木屐的带子跑断了。（当时上学穿的是和服。）我不得不垂头丧气地回到家中。令人意外的是，美代说这是迷信，鼓励了我一番。于是我赶忙换了双木屐，又往学校赶。

仪式结束后，我突然间感到了不安。印象中，当时镇子上都点着用于追悼的灯笼，看来已经是夜里了。我脱下木屐，光脚跑了六公里，赶回了家中。当天晚上，祖父一直撑到了十二点之后。

祖父去世那年的八月，我离开了老家，由叔父收养。祖父对老家的不舍影响了我，我在离家时，以及后来卖房子时，都感到很难受。但后来，我在亲戚家、学校宿舍以及在外租借的房屋间辗转，渐渐地，家和房子的观念在我头脑中发生了改变。梦中的我总是在流浪。祖父不放心亲戚们看见我家的家谱，就把家谱藏在了他最为信任的美代家中。至今，这本家谱还在美代家的佛坛抽屉中锁着。但我到现在为止，也没有想过要去找来看一看。我不认为我的行为对祖父有什么亏欠，我多少对死去之人的智慧和慈爱，有着模糊的信任。

写于一九一四年

发表于《文艺春秋》一九二五年八九月号刊

后记之二

《十六岁的日记》发表于一九二五年，我二十七岁之时。这是写于一九一四年五月的日记，那时我才十六岁。这些日记在我所有发表的作品中，是最早的文字，就放到了这一套全集的最前面。（这里说的"十六岁"指的是虚岁，实际年龄是十四岁。）

在这篇文章发表之时，我写了一篇"后记"。关于这本日记想说的内容，都写在了那篇"后记"里。但那篇"后记"，当时采取了小说的方式，所以跟事实略有出入。其中说道："叔父因投机失败而破产了，将房产也赔了进去。"其实当时将房子卖掉的，是我的堂兄。我认为，那应该是在叔父去世后的事情了。毕竟叔父为人谨慎，是个老实人。另外，我提到了父亲用于出诊的皮包中装满了年少时的日记，这也是有所夸张的。我中学时的日记大多保留到了现在，而且也不算多。

我父亲的那个出诊用的皮包，并非是当时医生们上班所用的样式，而是更像个旅行用的包，底部宽而扎实。"日记是用中学生用的作文纸写的，一共有三十页。"其实我并没有弄清楚其准确的页数。二十七岁的我重新抄写好日记后，就撕碎了原稿，把原稿扔掉了。

但在编辑这套全集时，我想找出那些旧日记，结果发现了两页全新的"十六岁的日记"，是二十一页和二十二页。应该是在二十七岁抄写日记时遗漏的，所以并没有被撕毁。从文字上看，这两页应该是在已经发表过的日记之后。就此可知，全部的"十六岁日记"应该并没有三十页。但原稿上的文字没有按照格子逐一填写，所以实际的字数应该多于二十乘二十一的格子数。也许因此，我才将其算作了三十页吧。

这两页被我遗漏了的"十六岁日记"没有写日期，但肯定是接着之前的内容写的。所以，我决定补录在这里。就此，这两张稿纸也可以撕毁扔弃了。

"身体太差了，唉，原本不应死的人这就要死了。"这声音很小，但刚好能让人听见。

"谁死了？"

"……（看不清楚）……"

"你祖父吗？"

"人终有一死的。"

"真的吗？"

这话如果是从其他人口里说出来的，没什么好意外的。可这却是从祖父口里说出来的，我就不能当作没有听见。故而各种联想纷至沓来，某种无法言明的不安涌上心头。（有五个字无法看清楚。）

祖父短促而虚弱的呻吟声时断时续地传来，听起来似乎只是在短促地吐气。看来他的病情在恶化。

"美代吗？我怎么啦？不管是早上还是晚上，午饭还是晚饭，我都浑浑噩噩的。唉，太讨厌了，这种护理就只求让我能吃下东西，这怎么行……上次菩萨的话，让我放不下心。我是不是已经遭到了神佛的遗弃？"

"说什么呢？菩萨又怎么会抛弃我们呢。"美代道。

一阵呢喃声传来，仿佛是从虚空的深处发出的。那是祖父的声音。

"唉，白用了一年（借钱没有付利息）。唉，十两也是钱，也挂心啊，挂心啊。"他絮絮叨叨地将这话重复了十多遍。说着说着，他的呼吸逐渐变得艰难了……

"要不，还是找个医生来看看！"美代建议。我也同意了，便跟祖父说：

"爷爷，还是请个医生吧。万一有什么问题，也没法跟亲戚们交代！"

（这里没有写祖父的回应，我印象中，原本以为祖父会当场拒绝的，但他却怯懦地同意了。我感到有些孤独。）

我拜托阿常婆赶紧去宿川原请医生。她一走，美代就说："老爷子，我已经要了三番（叔父家所在的村子）的钱，还在津之江（祖父妹妹所在的村子）借钱付了小烟的份额，您尽管放心！"

"真的呀，太好了，真让人高兴。"

祖父这确实是在苦中作乐。

"您不是说过吗？放心了就要念佛！"

"南无阿弥陀佛，南无阿弥陀佛。"

祖父的生命不会延续太久，这份日记也不可能写到最后了。（为写这份日记，我先前准备了一百张稿纸。）美代不在的那几天，祖父一日日虚弱下来，现在已被打上了死亡的印记。

我将写日记的笔停了下来，想着祖父去世后的事，心下茫然。等到那时，不幸的我，在这天地间便只得形影相吊了。

祖父念完了佛，又说：

"念了佛，感觉肚子都变软了，之前都是胀鼓鼓的。"

阿常婆回来时说，医生不在。

"医生要明天才能从大阪返回，如果等不及，就请别的医生吧。"

"怎么做才好？"美代问。

"唉，应该不会那么快吧！"阿常婆道。

"对啊，应该不会。"我嘴上虽然同意，心里仍然为找不到医生而着急。

祖父打起了鼾，看样子是睡着了。可他张着嘴，没有完全闭上眼，一脸的木讷。

床边的方形纸罩座灯摇曳着昏黄的火光，光影中，两个女人默然地撑着脸。

"唉，可该咋办呀……他明明糟糕成这样了，说话还很有道理！"

"怎么办呀。"我都想哭了。

日记的原文有一页半加三行，将说话的部分断行后再抄写，就成了四页加四行。在这其中，我唯一能肯定的是：这就是二十七岁发表的那部分日记之后的内容。《十六岁的日记》中写道，五月十五日因美代有事不能来，所以请了阿常婆来我家，第二天便中断了日记。而这里的部分，是美代再次来我家的那天。

所以我在《十六岁的日记》的后记中说"这日记就这些"的话，并非事实。五月十六日到这个部分之间，应该还缺了几天。那几页可能是丢失了。

祖父过世的日子是五月二十四日，十六日是他过世前的第八天。而这里补充的部分更靠近祖父死亡的日子。

因祖父的去世，我年仅十六岁就失去了所有的亲人，也不再有家。

我在《十六岁的日记》的"后记"中写道："但当我发现这些日记时，我惊奇地发现，上面所记录的那些事情，竟然没有一样是我记得的。如果我忘记了这些,那么,那些日子我究竟上哪儿去了?记忆又是在哪里消失的?我对人可能在往昔中消失一事,进行了思考。"虽然这种忘却过往的惊奇我已经经历过了,但对已经五十岁的我来说,依旧惊奇。而这,是我《十六岁的日记》需要面对的首要问题。

这种忘却,并不能简单地归类为"消失"或者"失去"。这部作品的意义并非是去解释什么是记忆和忘却,也并非想要涉及时间跟生命的意义所在。但这部作品于我而言,是一个线索,一种证明。

第二问题则是,我为何要写出这样的日记。可以肯定的是,当时的我已经意识到祖父的时日不多,所以想由此将祖父的形象记录下来。但现在想来,十六岁的自己在将死的病人身边快速地记录着,以此作为日记,着实是件奇异的事。

我在五月八日的日记中写着:"我到桌子前坐下,将稿纸摊开来。美代则坐在那里,准备听祖父说些亲密话。(我这是打算将祖父说的话一句不落地记录下来。)"这里说的桌子,在我的印象中却是"用梯凳替代的,我在梯凳上放了根蜡烛,就在上面写《十六岁的日记》。"祖父当时差不多瞎了,所以发现不了我的所作所为。

然而,当时的我不可能想到,十年后自己会将这些日记当作作品来进行发表。这样的日记之所以多少能当成一部作品,还是源自对现实生活的写照,而并非我有多么早熟的文才。当时,我只是想把祖父的话如实地记录下来,所以没有进行任何修饰,算是采用了一种速记的风格。所以日记中的字写得相当潦草,不少地方后来已经无法认清究竟写了什么。

祖父一共活了七十五年。

写于一九四八年

参加葬礼的名人

一

年少的我,是没有家,也没有家庭的。学校放假之后,我就寄食在亲戚家,而且是从这家到那家地轮换着。通常,假期的大部分时间,我是在两名近亲的家中。他们分别住在淀川的南面和北面。一家是河内的城镇,一家是摄津的村子。去那里时,我都会乘坐渡船。无论哪家,对我都非常欢迎,对我说的是"你回来了",而非"你来了"。

记得在二十二岁那年的暑假,在不到三十天的时间里,我一共参加了三次葬礼。每次葬礼,我都穿着亡父的罗纱礼服,脚上穿着白色的袜子,手里拿着一串念珠。

最早的一次葬礼,是河内的一个远亲举办的。死者是丧主的母亲,因年老患病而亡。但她膝下儿孙满堂,有的孙子都差不多二十岁了。她虽然长期生病,却享受到了精心的治疗和护理。人生最后也算没有憾事了。丧主一脸的沮丧,死者的孙女们也都哭红了脸。我看在眼里,不由被他们的悲伤所感染。但我并不思念死者,也不悼念她的去世。在灵前烧香时,我甚至不知道这棺椁中长眠之人究竟是谁。此时,我仿佛忘记了世上曾有这样一个人存在过。

我是跟着从摄津来的表兄一起去参加吊唁的。我穿着礼服,拿着念珠和团扇,虽然比表兄年轻,一举一动却格外地注重礼仪,表现出了恰如其分的肃穆。我吊唁得驾轻就熟,表兄很是惊讶,不由得跟着我学起了动作。本家的堂兄有五六位,他们都聚在一起。但我并不想让他们看到我低沉的脸色。

大约一周后,摄津的表兄给我打来了电话。当时,我还在河内。他说姐姐婆家的一房远亲去世了,让我务必前去参加葬礼。按他的说法,以前我家办葬礼时,那一家也有派人参加。于是我再次跟摄津的表兄做伴,一起乘坐火车前往。我除了知道谁是丧主外,对于其他参加吊唁的人的身份一概弄不明白。是谁过世了，哪些是家属，各自的亲戚关系，我全都一脸茫然。参加葬礼的人都在表姐家休息，表姐家是亲戚则在别的房间。在房间里休息时，没人谈到过世之人的事。大家惦记的，只是天气有多热，以及什么时候出殡。时不时有人问：究竟是谁过世？多大年纪？而我就默默地跟人下棋，等待着出殡的时间。

再后来，摄津的表兄再次从他工作的地方给河内打电话，又请我参加姐姐远房亲戚的葬礼。但这一次，他甚至连是谁家的葬礼、村子的名字和墓地的所在地都一头雾水。电话中，表兄说着玩笑话：

"你都成了参加葬礼的名人！"

听到这玩笑话，我无语了。但因为是打的电话，表兄并不知晓我的表情。当我跟河内的亲戚说要去参加第三次葬礼时，年轻的表嫂不由得苦笑：你都成了殡仪馆的人了。正在做针线活的表妹只是瞥了我一眼。我准备当天晚上就住在摄津，第二天早上再出发。于是，我当天乘船过了淀川。

表兄说的"参加葬礼的名人"这句话，虽然是句玩笑，却使我反思起来。这句话，让我回忆起了过往的遭遇。从童年开始，我就在不断地参加葬礼，多到不可计数。我对于摄津葬俗的熟悉，源自不时会有亲戚过世，且乡村的习俗要求彼此参加对方的葬礼，我就代表家人去参加了。在这些葬礼中，最多的莫过于净土宗和真宗的，也有禅宗和日莲宗的。印象中，我大约经历过五六次死者的弥留之际的情景；见过三四次将死水（日本的一种葬仪，在人临终时，用笔沾水灌到嘴里。这里所用的水，就叫作死水。）用笔蘸到死者的嘴上，滋润死者的嘴唇的仪式；曾经按顺序第一个到殿后烧香、参拜；还时常去捡拾遗骨，并将其收藏起来。对于七七法事的相关事宜，我也是熟悉得很。

这一年夏天去世的那三个人，我都不认识，自然没有悲痛之感。但当在墓地上烧香膜拜时，我心中的杂念被一一排除，只静静地为死者祈祷，希望其能在冥间享福。不少年轻人只是垂着双手，低头进香，但我所做的却是双手合十地顶礼膜拜。大多数时候，和那些跟死者关系淡漠却来参加葬礼的人相比,我要虔诚得多。之所以能做到这样,是葬礼的形式本身刺激了我,令我回忆起了至亲之人在世、弥留及葬礼时的一应场景。这些对往事的回忆,使我的内心逐渐平静。越是跟我关系疏远的亲戚的葬礼,越能带动我的这种心境:怀揣自己的过往,于坟场直面回忆,为其顶礼合十而拜。年少的我,能在不熟悉的亲戚的葬礼上表现出相称的仪态,并非是在装模作样。而是我身上的寂寞找到了表现的场所。

二

对于父母的葬礼,我已经毫无印象。甚至他们活着时的场景,我也完全没有记忆。人们常告诫我,不要忘记双亲,应该时不时地回忆一下他们。可我冥思苦想,也无法回忆起任何内容。看着他们的照片时,我觉得这既不像是画像,也不像是活人,更像一种介于两者之间的什么事物。同样的,他们既不像亲人,也不像外人,更像是介于两者之间的人物。这样的感觉,给我带来一种无法言明的压迫,连看看照片也觉得害羞。当别人跟我谈起父母时,我不知道究竟应抱着怎样的心情,就盼望着能早些结束谈话。别人告诉我他们的年岁和忌日,我也跟看到车牌号码一样,转眼都忘了个干净。听姨母说,父亲葬礼那天,我哭闹个不停,不仅不许人在灵前敲钲,还把供灯给弄灭了,灯油倒得满院子都是……唯有这件事,不知为何竟触动了我的内心。

父亲毕业于东京医科学校,在汤岛天神庙中有该校校长的铜像。祖父也到了江户(东京)。我们到的第一天,我就被领到了这铜像之前。我惊诧地发现,这铜像竟然有一半像是活的。我便不好意思再看向它。

祖母去世那年,我已经上小学了。因父母过世,羸弱的我就由祖父和祖母拉扯长大。好不容易将我送进了小学,刚松了口气,祖母就去世了。葬礼那天,下起了倾盆大雨。一个经常出入我家的男人,将我背到了墓地去。当时姐姐十二岁,穿了件白衣,也由大人背着,在我前面爬上了红土山路。

祖母的去世，让我第一次对自家的佛坛产生了一种说不清道不明的情感。祖父不注意的时候，我就会将原本关闭得严严实实的佛堂打开一条窄窄的缝隙，然后将其关上，接着又打开，又关上，反复不断地重复着开开关关的过程，好借此偷看被供灯照亮的佛坛。我用这样的方式消磨着光阴。但我却始终不愿意将隔扇彻底敞开了走进去。傍晚，只有山和山顶被西沉的余晖照得光明灿烂，显出一派恬静的气氛。我仰望这景致，总会想起八岁时所见的那个佛坛上的供灯。在佛堂的雪白隔扇之上，胡乱地写着祖母长长的戒名。那是当时，这个小学一年级生的我尽自己所能用片假名书写的。这些涂鸦，直到卖房子时，还保留在上面。

　　后来，姐姐被一个男人背着上山的样子，在我的脑海中只余下了一件白色的丧服。我屡次闭上眼，想要想起白色丧服以外的事物，却始终无法如愿。但红色的土路和纷纷而下的小雨却浮现了出来。我越是焦躁地想要回忆起那男人的背影，越是无法如愿。一个在空中飘着的白色事物，这便是我对姐姐的全部印象了。

　　我四五岁时，姐姐被亲戚收养。我十一二岁时，她离开了人世。对于姐姐，我毫不了解，就像我不了解父母一样。对于姐姐之死，祖父很是悲伤，也强迫我表现出悲伤。可无论如何努力，我也不知道该用怎样的情感来表达悲伤，也不知道该将悲伤寄托在何物之上。年迈衰弱的祖父悲痛不已的样子，穿透了我的内心。然而，我所感受到的悲痛，仅限于祖父，并没有从祖父转移到姐姐的身上。祖父对易学和占卜很是精通，但他年龄大了，得了眼疾，双目几乎失明。然而，当他听说姐姐病危之时，就偷偷地数着竹签，想要对孙女的命运进行一番占卜。他几乎失明，只能由我来帮忙排列占卜的工具。我看到爷爷的脸逐渐暗沉无光。两三天后，姐姐的噩耗就传了过来。我心下不忍，将信放了两三个小时后，才决定告诉他。那时的我已经认字了，一旦碰到不认识的草书，就抓着祖父的手，一遍遍地在祖父的掌心画那些字，然后尝试着念出来。这样的事逐渐成为我的习惯。至今想起读那封信的场景，记起抓住祖父手的感觉，我的左掌心就不由得变得冰凉。

祖父去世的日子是昭宪皇太后葬仪的当天晚上。那是我十六岁的夏天。弥留之际，祖父因痰堵在了气管，痛苦得无以复加。祖父身边的一位老大娘为此叹息："你祖父可是个很好的人，像佛爷一样慈祥，怎么会死得这般痛苦？"我不忍目睹如此残忍的场景，还没一个小时，就跑到别的房间去躲着。作为祖父唯一的亲人，我的做法未免太薄情了。一年之后，当一位表姐责怪我时，我只能沉默。他人如此看我，是有道理的，年少的我也不喜欢毫无根据地自我辩驳。而且，那老婆婆的话严重地伤害了我。但我认为：只要说明我当时离开祖父的理由，就可以将祖父受到的屈辱洗白。可我在表姐的责怪下保持着沉默，感受到了猛烈袭击向心头的孤独无依感，直到灵魂的深处。我彻底地感到了自己的孤独。

　　葬礼那天，有很多人来吊唁祖父。可就在最忙的关头，我却突然感到鼻血直流而下。我被吓到了，赶忙拿起腰带的一头堵住鼻孔。接着，我光着脚飞奔到院子里，躲到无人能看见的树荫之下，在一块高达三尺的大点景石上仰面而卧，直到不再流鼻血为止。从点景石上看去，老橡树的树叶缝隙间落下耀眼的光芒，亦可以窥到碎片似的蓝天。这是我第一次流鼻血，让我意识到，祖父的死伤到了我的内心。我的离去导致了葬礼的混乱。作为死者唯一的家属，我必须跟来吊唁的人酬谢；加上葬礼诸事繁多，我根本没时间去思考祖父的死以及今后自己的生活。我从来不知道自己竟然如此的脆弱，鼻血严重地击垮了我。我不想让人看到自己的脆弱，下意识地跑了出去。但我也清楚，作为丧主，在临出殡前如此失态，不仅对不起来吊唁的人，更会引起不必要的骚乱。直到祖父去世后的第三天，我才终于找到了一个安静的时间，独自躺在点景石上。此时，我才意识到，自己已经是个孤独的人了，心中不由涌起了孑然于世的悲凉。

　　第二天早上，我跟亲戚和村民一行六七个人去山上拾骨。村里的火葬场在山上，是露天的。我将骨灰翻过来，在满地烟火的熏烤下，开始拾骨。过了一会儿，我又开始滴起鼻血。我只得扔了竹筷子，说了一两句什么后，就解开腰带将鼻子堵住，飞快地跑上了山顶。跟上一次不同，这一次鼻血根本没有停止的迹象。从带子的一段到中间,半条带子都被血浸染了,我的手上也沾满了鼻血,可血依旧不停地滴落到草地上。我只能静静地躺下来,看着山上的小水池。水面上反射的晨光远远地投射到我的身上,令我感到眩晕。从眼睛的感觉中,我意识到了自己的虚弱。大约过了半个小时,我听到了人们呼喊的声音,他们叫了我好几次。我的腰带彻底被鼻血浸湿了。虽然腰带是黑的,不容易看出来,但我还是担心被别人知晓,于是就回了火葬场。看到我回来了,人们的眼神中多有责备。他们说:骨灰都翻出来了,你赶快吧。我的凄凉顿时溢于言表,便蹲下来捡骨灰,只捡了很少的一点。之后,这条干得硬邦邦的腰带很长时间都系在我的腰上。就这样,第二次流鼻血在谁也不知道的情况下过去了。事后,我没有跟任何人讲过这件事。到现在,我也没有跟任何人提起过,也没有向他人打听过亲人们的过往。

我是一个在远离城市的乡村中生长的孩子,可以夸张地说,祖父的葬礼令村里的五十户人家都感到哀痛,为之哭泣。当送殡的队伍穿过村子时,街面上全是村里的人。看着我护送着灵柩走过,妇女们就忍不住痛哭流涕。我听得最多的,就是她们说:可怜啊!太可怜了!我被她们说得脸红了,更加小心拘谨地走着。我走过一个街头,那些妇女又走近路,绕到另一个街头等我,在我经过时,再次发出同样凄惨的哭泣。

幼年的我,是在人们同情的目光中长大的。对于他们强加给我的怜悯,我虽然老老实实地接受了,却也生出了抵触。

在祖父的葬礼后,我又参加了姑奶奶、伯父、恩师及其他亲戚的葬礼,每每让我悲痛不已。父亲遗留给我的礼服,陪着我庆祝了表兄的婚礼,也在无数的葬礼中将我送到了墓地。最终,我成了参加葬礼的名人。

三

那年暑假的第三次葬礼,是在表姐家一公里远的邻村举行的。当时我顺道去了表姐家玩,还在那里住了一夜。准备回家时,表姐家的人告诉我：

"说不定不久后你还得来一趟。有位得了肺病的女孩估计挨不过今年夏天。"

"如果没有名人来，这葬礼就无法举行了。"

我将和服外套和裙裤装进皮包里，回到了摄津的表兄家。看到我回来，表妹很是高兴：

"殡仪馆先生回来了。"

"说什么呢？赶快拿盐过来！"我没有进门，只站在门口。

"盐？干吗要盐？"

"当然是用来净身了！否则，我就不能进门。"

"哎呀，也太讨厌了，跟神经病似的。"表妹抱怨着抓了把盐过来，还有模有样地朝我身上撒，然后问：

"现在可以了吗？"

表妹上前来，想把我脱下来的和服拿到阳光充足的走廊上晒一晒。可她很快就皱起了眉头，似乎闻到了汗臭味。她颇有兴致地跟我开玩笑：

"讨厌！哥哥的衣服上全是坟墓的味道。"

"说什么呢？这么不吉利！你知道坟墓是什么味道吗？"

表妹依旧笑个不停：

"我怎么不知道，不就是烧焦了的头发味嘛！"

致父母的信

第一封信

我需要给受众为年轻女性的杂志撰写一篇短篇小说,可脑袋里无论如何也无法浮现出能受年轻女性喜爱的故事,最终试着写成了这篇《致父母的信》。用"致父母的信"来当小说的篇名,看起来也太平淡无奇了些。但我此生还未曾给自己的父母写过信,今后也永远不会。所以,这就是一封我永远都不可能寄出的信。所谓"致父母的信",其实就是致我已故父母的信。这点或许多少能牵动些年轻女性的情感。过去的少女,通常会对描绘孤儿哀愁的文字动情。按经验来说,这种优美的文学中的怜悯情感,大多有着玄虚的意味。但少女们正是从这样的玄虚中培植哀伤的感情。但究竟她们会不会对我的信感兴趣?这倒值得怀疑。

新的一年,我就将迎来生命中的第三十四个春天。我无法称你们为"父母",也不知我现在的年龄跟你们的年龄是否有距离?我知道这是种奇怪的说法,但我的确不知道你们是在什么时候去世的,也不知道你们是在什么时候生下我的。我知道的是,你们正式结婚,我却由你们的父母及兄弟养大。虽然他们多次将你们的年龄告知我,但我总是无法记住。其实我并非在有意忘却,或许在我内心的深处有着某种恐惧,觉得自己或许也只能活到你们去世的年龄。这种恐惧感,自少年时代就深深地渗入我的内心,使我的记忆排斥了对你们年龄的记忆。

我结婚五六年了,却没有生育子女。这并非是我不喜欢小孩子。其实,孩子们都很喜欢我,我的妻子也常说我就像个孩子。我确实觉得,我理想的妻子就应当是能让我保持童心的人。但我不觉得自己有过"童心"。我喜欢同孩子们玩耍,但那是我的秘密。如果跟孩子们玩耍的情形被人看见了,我总会觉得害羞,如同自己偷东西时被人发现了。不过,只要是日本人,或许多少都有这样的感觉吧。但我觉得,在这之中,我似乎还有着另外的感情,就是对成为一名父亲有着畏惧。

记得十年前，我和一个才五岁的女孩隔着长方形的火盆对坐。突然，她将头伸了过来，亲了亲我的嘴唇。我被她突如其来的举动吓到了，赶忙转过脸，下意识地用手背擦了擦嘴。一种肮脏感从心底升起。当时女孩的举动可能是受她的父母影响，而现在，她应该到了上女子学校的年纪了，不知她是否还记得此事。但我对此的印象却非常深，似乎再没比这更愚蠢的事了。而且这样的事，恐怕不可能在我的生命里再次出现。我害怕拥有自己的孩子，无法容忍再有我这样的孤儿被送到社会中去。随着年龄渐长，我的身体倒是长得越发结实，而我的妻子也一向健康。按道理来说，我们的孩子不可能如我年幼时那般羸弱，也不可能小小年纪成为孤儿。然而，你们已经在我身上培养起了这种不合常理的感觉。虽然父亲您的体弱多病不是您的罪过，但您不是位医生吗？当然，我还有其他不想要孩子的理由。只是在这里，我不想告诉您。

我的妻子也没有非得要个孩子的想法。但当家里的狗生下幼崽时，她却如同得到了自己的孩子，疼爱地将它抱在怀里，紧紧地贴着胸口，还漫不经心地自言自语：人啊，生来还是该抱着点什么才好。我当时就明白，她所说的"抱着点什么"，指的是抱着孩子。狗崽满月后，我就将产箱放到了写字台旁，每天看着它，也不觉得有丝毫的厌倦。我无微不至地照顾它，甚至无法专注于工作。如果它是个孩子，是我的孩子，那我一定会成为操心不已的父亲。其实我养狗的一个目的，就是享受抚养狗崽的乐趣。在我国，动物的生活远比人的更为安稳，并且养育狗崽远比抚育儿女来得省心，而抚养别人的孩子又比生育自己的更加自由自在。在我的印象中，当一名父亲，无疑是桩大胆的冒险。如果孩子是领养来的，即便将来发生了诸多的不幸，作为父亲也有搪塞罪责的办法。所以，虽然在我三四岁时你们就离开了尘世，但如果你们认为我生活在不幸之中，就大错特错了。我并不认为自己有多么不幸。我担心的，是无法让亲近之人拥有幸福。迫使一个不了解父母之爱的人去主动地了解父母之爱，是很难令人相信的。

我经常告诉妻子，我无法跟一个对生活毫无追求的人共同生活。我的妻子没有工作,对绘画、音乐之类的也没有任何兴趣,更不可能帮助我的工作。所以,我禁止妻子读我写的东西。她对梳妆打扮没有热情,对操持家务也不怎么上心。这样的日子,哪里存在着希望?无论何时,当我吃饭时,妻子也吃;我睡觉时,妻子也睡。虽然这样的家庭没有什么风波,可看着妻子逐渐地失去生活的能力,我就感觉我们只是在等待着步向别离。这种逐渐步向别离的想法,也不知不觉地影响到了妻子,使她渐渐地失去继续与我生活的愿望。现在,她想同我离婚,独自去经营些饮食店之类的生意。于人来人往中热闹度日,这竟成了妻子的一个虚幻梦想。要说现在的我能给妻子的,充其量就是工作,让她重拾信心,知道会有很多的人喜欢她。如果有一天,她独自步入社会,那这份信心就将成为我送给她的最好的礼物。

我相信,就算我进一步地增强她的自信,她也不会成为自负之人,乃至成为他人的笑柄。其实,无论男女都很容易喜欢上她。有时遇见熟人,如果妻子在我身边,我就可以完全当个透明人,我也乐得如此。在我看来,我容易给人紧张感,但妻子却容易让人很快放松警惕。每当从他人家中回来,妻子总是很高兴。这不仅是因为外出使她的心情舒畅,也是因为他人对她的喜爱。但妻子很少明确地觉察这一点,通常要等我直接告诉她后,才恍然大悟。于是她高兴地歪歪脑袋,说:真不可思议。

我很清楚妻子的这种优良品质,但我还是总把分手当作口头禅。如此做有着种种理由,其中之一便是她并不属于我不幸的人生旋律。她在十七八岁以后,不但没能得到幸福,更是遭受了痛苦,甚至一夜白头。我曾用整整一个晚上,笑着拔去她的白发。她有一种天性,对于不幸的事物既不悲伤,也不想去战胜。用一句话来总结,她就是个天然的贤妻良母。大概只有拥有了孩子,才会让她对生活充满希望。假如死人真的有灵魂,我希望你们道歉的对象不是我,而是我的妻子。妻子是在许多亲人的陪伴下长大的,我却未曾感受到亲人的温暖。每当我想到你们的女儿——我的姐姐,如果也能活到今天,就有种不寒而栗之感。就算看到自己所爱的女性跟亲人在一起,我也无法感觉到他们之间的关联。

也顺便来谈谈我所爱的是怎样的女性吧。那种生长在和睦家庭,用朦朦胧胧的眼泪来显示媚态的少女,虽然让人魂牵梦萦,却无法引起我的爱意。这样的人于我而言,如同是个外国人。我喜欢的少女,应当从小与亲人分离,生长在不幸的环境,又倔强地不愿承认自己的不幸,最终战胜了这样的不幸,走了过来。但这个胜利,也为她备下了一道没有边际的沦落之坡。这样的少女,有着刚强的性格,不知害怕为何物。她所具备的危险性,会成为一种让我难以抵御的吸引力。要让她的内心恢复纯洁,自己的心也必须变得纯洁,这样的挑战似乎就成了我的恋情。我爱的女性,年龄总是在小孩与大人间。我很难深切地去爱一个已经成年的女性。我曾对一名差不多成年的女子坦率地表达了我的爱慕,却遭到了拒绝。我用出租汽车将她送走。在下车时我对她说:那我们明天就以朋友的方式再见吧。说罢,我大声地笑了。这样的笑,并非出于滑稽,而是由衷的喜悦。但毕竟笑是不太严肃的行为,我想忍住,可那爽朗的笑声不知又从哪儿哈哈地窜了出来。如果对方是刚才说的那种少女,我不仅不该笑,而且应永远对其怀着心疼。对方不是能朗笑的女性,即使她有着娇媚的笑,也只能显出她的寂寥。她们与我中断联系后,以惊人的速度向社会的深渊沦落而去。尽管我说了"她们",但并非指我遇上了好几个少女。所说的联系,也不过是梦幻般的恋慕,我根本没动过少女连一根指头。我的心情未曾被少女了解。但当十个春秋过去后,她们长大成人了,又带着怀念想起我,哭着要与我相见。而我,讨厌过去。我的恋爱,大体就是如此。

我在二十三岁时,曾打算跟一名十六岁的少女结婚。为了向她的双亲征得同意,我跟友人一起去了临近冬天的北国。她的父亲是小学的勤杂工,我们就和他在学校的值班室谈话。我把袖管拉到了掌心,把手伸到地炉上,怕他看到我瘦骨嶙峋的手腕。突然,友人告诉他,我父亲是在日俄战争中阵亡的。我顿时满脸涨得通红,弱弱地对那位父亲笑了笑。你们的过世,并非是什么需要特别隐瞒的病,我也不该于心有愧。但得知我双亲早逝,本人又弱不禁风,人家怎么可能马马虎虎地就将女儿许配给我。我无数次对人们解释，我小时候除了麻疹，就没看过一次病。征兵检查时，为了不让人看到我的瘦弱，我甚至特意在检查前去伊豆温泉疗养了近一个月，还提前了两天去接受检查的镇子，通过静养来恢复旅途的疲劳，另外每天还吃十个生鸡蛋。但就算如此，我在检查时仍遭到了军医的严厉训斥：文学家的身体，对国家有何用！

据说，为了逃避兵役，一听说要进行征兵检查，排行第二的父亲您就到没有孩子的人家当了个名义上的养子，那段时间甚至还改了姓。你们从未在我的梦中出现过，那家人的姓却被我记得一清二楚。到了必须使用假名的时候，至少为了纪念您，我也会用上这个姓。比如，如果我同一个妻子以外的女人在外过夜，我在旅馆登记簿上留下的将是父亲您的姓名，而不是我的姓名。女方就留下母亲您的姓名，而不是她的姓名。那么，无论遭到多少意外的盘问，我都不会手足无措。可我没遇上过这样的机会。但一旦有机会，我定要尝试将你们作为还活着一般来对待。

当然，那些在我内心深处隐藏着的对你们的憧憬，都在我的人生观和生死观中表露无遗。现在写出来的这些，或许年轻女性不能理解。但我所写的这封信，并非是为你们而写的，而是为以年轻女性为受众的杂志撰写的。

你们的独生子已经无法回忆起你们了。就请安息吧，故去的父母！

第二封信

过世的父母！……我这样呼唤，不过是在对这篇文章进行修饰而已。就像上次给你们的信中不能叫你们父亲、母亲一样，现在的你们对我就如同风声和明月。也就是说，这样的一封信，我同样可以写给风声，写给明月。我的这些虚弱而感伤的牢骚，不想让朋友们听见，也不想让我所爱的少女听见。也许，只有风声和明月，才是最好的听众。毕竟，我高兴时，风声和明月也高兴；我悲伤时，它们也悲伤。无论我进行怎样的杜撰，它们也不会用那种"你别胡诌"的目光回头看我，只会给我坚决的背影。写到这里,我觉得自己以前对各式人物的背影有过太多的评头论足。难道只有当他人向我展现背影时,我才能说出自己的真心话?这样的情况恐怕并非只在我身上出现,任何一个人,当他看到心爱之人的背影时,也会涌出比面对面时更多的话吧。只是相比其他人而言,我表现得更明显而已。之所以这样,说不定跟你们的早亡有关吧。

首先,我的祖父——我懂事后唯一的亲人,与我在农村家中相依为命的你们的父亲——就喜欢让我看到他的背影。因为后背无法看东西,祖父也就看不到我。祖父晚年时几乎双目失明,我不时能从养在卧室的狗身上,联想起我的祖父。如果有一个特别可爱的妻子,当夫妻打闹时,狗会误以为是夫妻打架,而冲着男方不停地吠叫,甚至咬住男方的腿。但狗通常不会特别理会卧室里的夫妇。狗无论看到多荒唐的举止,也不会惊奇,这着实难得。对我而言,你们的这一点也是可贵的。我的记忆里没有你们说过的话,你们跟仍在世的父母不同,不管我想干什么,你们连眉头也不会皱一下,更不会有什么不满的话。这样的说法,好像是我在埋怨你们,故意与你们为难。

在一般的认识中,亲人的魅力主要就是可以让对方看到自己荒唐的举止。比如,父母在孩子面前,丈夫在妻子面前,都会表现出无比愚蠢的动作。但如果将同样的动作拿到白天的大街上表演,人们则会把你当作一个白痴或者疯子。而在无人的场所,孤零零地对着墙做那些荒唐的动作,则更为凄凉。因此,想讨老婆的想法,或许同想表演荒唐举止的想法是一样的吧。今后,如果能找到一个我爱的少女,我想自己是无法说出"我爱你"这样的话,更不会想碰触她的身体。姑且不说这个。但如果不能让她看到我那些荒唐的举止,我会终生抱憾。哪怕是对着她的背影或是照片,也要表演出那番愚蠢的动作。如果她眼瞎了,那我在她面前的任何动作,她都无法看见。这是我在回忆双目失明的祖父时,突然在脑海中浮现的想法。

这么多年来,我时常仔细端详双目失明的祖父,他的脸就如同一张照片或人头画。他看不见我,这使我可以长久地注视着他。这就是我的生活。祖父抚养我的时候,我在家里很任性,经常气得祖父直哆嗦。我流着泪水,用赔不是的眼神注视着祖父,祖父却无法看见,依旧怒气冲冲。我知道祖父看不见我,便不会为流泪而难为情,这就犹如是在对着他人的背影低头抽泣。在另外的时间,我也会长久地注视着祖父。少年时的我由此染上了难以名状的寂寥。而我直勾勾盯着人看的毛病,可能就是长期单独与盲人生活而养成的吧。

少女并未耷拉她的脑袋,而是昂了起来,用和服的袖子遮住脸。我这才发现自己犯了老毛病,不由得难堪起来。我问:"我是不是在盯着你的脸看?""嗯,但没关系。""太不好意思了!""没关系的!""那就好,但……""好啦。"少女干脆放下了袖子,努力地接受我的正视,我却移开了自己的视线。"我已经习惯了,只是还有点不好意思。"说着,她脸上泛起了红晕,眼中闪烁着光芒,"以后天天见我的脸,就不会觉得稀罕了,我也就放心了。"

早在八九年前,我就把这件事写到了我的一篇短篇小说中。但其中少女"以后天天见我的脸,就不会觉得稀罕了"的话,是虚构出来的。这句话的意思,当然意为我要跟她结婚。她用袖子遮脸的事,发生在河畔的一家旅馆。一个月后,我们便在对岸的旅馆订婚了。可又过了不到一个月,她却后悔了。我在上次写给你们的那封只能投到墓地的信中,曾写了我去北国见她父亲的事。这么多年来,我一直没有忘记她,现在也不想再记叙。可就在前天,恰巧是我和她认识的第十个年头,她来到我家,留下个寂寥的背影便离去。

这封信中,我已写了好几个"背影"。一个人用充满感情的方式凝望另一人的背影,并将其深深地印刻在心间的机会,并不太多。前天夜里,那少女的背影,确实是我极少见到的背影。她是在傍晚六点十分来的,在十一点左右才回去。那时已是深夜,我将她送到了正门。因为是深夜,妻子在洗完澡后,已关上了挡雨板。我把挡雨板打开,先走出院子,将她一直送到了大门口。在三铺席的书斋里,我看到了那件黑色和服短褂,当时还以为本来是别的颜色,是后来才染黑的。我琢磨了大半天,心想:

自己何必去想这些讨厌的事呢。然而,这却是另一种表现亲切的方式。就如呼唤死去的你们,也只是一种形式。毕竟这封信是要公开的。

一个阔别十年的昔日少女的来访,大概是出于我小说家的身份吧。她有着不幸的前半生,而她本人并没有察觉到,十年前同初出茅庐的小说家的订婚,更放大了她的不幸。她通过阅读我所写的关于她的小说来思念我。在她看来,这似乎是在慰藉她的不幸,却没发现这也成了她无法摆脱不幸的缘由。临走前,她请我别将她的来访告诉昔日的相识——我最亲密的朋友。她或许觉得,再过两三年,或者七八年,我的家就更不方便来访了。她一直在反复地询问:"你是不是根本没想过我会来?大概在你心里,我就是个厚颜无耻的女人吧?"她还说:"看到小女佣在打扫庭院,是她给我开的门。"这不知帮了我多大的忙!我妻子却对此很是愤怒,说她简直就像只偷东西的猫。我一番询问才知道,当小女佣猛然打开门时,她原本站在门外,竟一溜烟地跑到了前面三间房的拐角,之后又偷偷地折返,再三地打听,想知道家里究竟有没有人。她上走廊的时候,还在询问同样的问题。她对于我家究竟有什么人,以及我家的门牌号码,都不太了解。直到昨晚,才有一个歌剧院的舞女跟我说:大约在两三天前,有位妇女到后台打听,问菱沼先生在不在东京。好像她是从某个报刊上知我在某间小歌剧院当顾问。她从没看过歌剧,却想要到那里打探我的住址。她其实也不知道小歌剧院具体在哪里,只知道是在上野樱木町,连门牌号都不知道。当她从上野公园正门穿到后门时,先问了两次警察,又找了个推销员询问,才最终找到。可她依旧搞不清楚该如何回去。我本应将她送到电车站,或帮她叫出租车。但我担心妻子误会,所以没那样做。我走在她前面,出了正门后,将她送到了大门口。她自己打开了门,又自己将其关上。她不是那种会故作媚态的女子,我也没有看她背影的闲工夫。但当她关上门的一刹那,我的心绪竟翻腾了起来,眼前仿佛出现了极为寂寥的背影。这就像是将她送去了遥远的国度后,又让她随着流逝的光阴消散。从上次她来见我,到这次再见,相距十年。我不禁想:下次重逢,会不会又是十年之后?

那一夜，我和妻子都失眠了，我不得不服用比平日多出一倍剂量的安眠药。第二天清晨，这些药物使我的脑袋依旧昏昏沉沉。但妻子努力地将我摇醒了，说又有一位少女正在等我。不知是出于偶然，还是有别的原因，不断地有昔日的少女来访。这一位是跟我分别了七年才再次相见的，但她没有前天来的少女那么唐突。她在前些日子写过一封信给我，但这封信却比前天来的少女更令我意外。这是她第一次写信给我。大约七八年前，我们俩住得很近，经常可以见到她，所以不需要任何的书信往来。据小女佣说，前天来的少女曾说："或许他早将我忘得一干二净了。"昨天来的少女则在信里说："也许你早已不记得我了吧。"

　　前天，当小女佣告诉我来访少女的旧姓时，我误认为是另一个与她同姓的一名年轻小说家来了。直到小女佣说她"是位妇女"时，我才恍然醒悟：原来是她！我并没对她分别十年后才进行的这次出其不意的来访感到丝毫奇怪，这跟我这五六年来无时不思念她有关。但昨天来的少女，却早被我完全忘记了。前些日子接到她的来信时，我还以为是别的女性所写。前天来的那位少女，以前曾短暂地在本乡的咖啡馆中工作过，当时和她一起的那些女招待中，就有和发信人同名同姓的人。她突然在前年年底写了封信给我，信上写着：看在以前朋友的份上，我想求您件事，如果觉得不方便让我登门拜访，希望能约个地方当面一叙。我猜，这里的朋友，也许指的是往昔的情人吧。我无意间忘记了回复，她就表现出了多疑的性子，来信问我：以我这样的身份给您写信，是不是给您添麻烦了？我吃了一惊，连忙写了封道歉信给她。心想：或许那位女子在结婚后改姓了吧。再读下去时，我突然想起了七年前相识的两个女学生，尤其是被我看到过身体的那位。当时，她亭亭玉立地站在公共澡堂的更衣处。当她从我眼前掠过时，她年轻而矫健的肉体充满了我从未见过的美感。这一瞬间的记忆，犹如宗教色彩的新鲜梦境般，从未在我的心中褪色，至今记忆如新。然而，如今的她却无法和这种强光般的梦境结合起来。人世间的艰辛，使这位少女在七年后给我写的信，也变得模糊不清了。

她的父亲大约一年前得了胃癌，最近去世了。她除了一个九岁的弟弟举目无亲。她没有任何可以维系生计的工作，唯一的朋友也在上个月结了婚，只有她一人孤零零的。一天，她在杂志的卷首插图中见到了我的照片，突然感到了前所未有的亲切，就想看看是否可以托我给她找份工作。所以，她给我写了信。

过去，我们四五个大学生常跟她们一起游玩。因为工作的关系，我的名字每月都会出现在杂志上。所以她除了我之外，对其他人的情况一无所知。她在信尾写了这么一句话：如你有机会见到过去的朋友们，请向他们转告，我还在人世。我回信说：关于介绍工作的事，恐怕一时很难办到，但如果方便的话，希望能聚一聚，聊聊过往。去年的一天上午，她来了。由于她们两人总是在一起，我无法分辨究竟是哪一位。不过，我一边脱睡衣，一边笑着问妻子："来访的是位美女吗？"其实，就算见面之前，我也没搞懂写信的究竟是哪位——是那位健美的，还是另一位。

前天来的少女，坐了整整五个小时才走。而昨天来的少女，只待了一小时就离去了。虽然这是因为我昨天下午一点有课，那少女怕耽误我的课。但她也并非是特意来访。她是要到附近大街取借款，便顺道前来，并且还要为了同样的目的去郊外。我就如同前晚一样，把她送出了大门口，并且对少女那远去的背影无意关注。我隐约认为，可能近期还会见到她。可事实跟我想的恰好相反。前晚来的少女，临走时喋喋不休地问："今后我可以写信给您吗？我能收到您的回信吗？……"可昨天的少女默默地走了，之后给我写了封信来。信中说："分别多年的见面，看到您音容依旧，令我怀念往昔。相较之下，我的境遇有了连我自己也惊愕的巨大变化。每每想到今后要如何生活，就倍感孤寂。昨天离去后，我到熟人那里，也未能如愿。我觉得，如果注定是要失身，不如到人生地不熟的大阪失身，就想尽快离开东京。但一想到难得与您见上一面，又要马上远走他方，不知要等到何年何月才能再次重逢，眼泪就不受控制地簌簌而下。

当我开始写这封给不在人世的你们的虚构之信时，邮差将她的信送到了。我不由得陷入了无法形容的自我嫌恶，在罪恶的深渊中呆呆地坐了三四个小时。无论前天来的少女，还是昨天来的少女，都把我视为已然发迹的财主。如果她们知道，我上月的房租和各种开支要靠卖这些送往坟场的信来还清，该会多震惊！姑且不说这些，就说我称她们为少女这点，也会令她们目瞪口呆吧。前天来的少女再三强调：她再过三年就三十岁了。可我在她十七岁以后再未见过她，于是在我的心中，她始终是那个十七岁的少女。十年后的这次来访，她已然二十七岁了。这并不奇怪，就连她的长女都快到十岁了。在北国的市镇上，我曾见过她的父亲一次，据说去年他曾到她在东京的家中居住。但她说她的父亲已到耄耋之年，活不了多久了。记得我曾幻想过，如果我跟她结婚，就叫她妹子来一起住。当她悔婚后，我又幻想，以后一定要跟她年幼的妹子谈恋爱……她的这位妹子，据说由她抚养成人后，于去年十九岁的年纪结了婚，今年就要生孩子了。"十年，等下一个十年，你的女儿也该结婚了。"我说。"不，哪里用得着十年，只再过七八年，她就长大成人了。"她说完寂寥地笑了笑。她的女儿是她十八岁时所生，其后她丈夫生病了，在她护理了四年后故去。去年，她跟现在的丈夫所生的长子夭折了，不满周岁的女儿靠牛奶喂养，丈夫又失了业。昨天来的少女谈到年纪时，也一副郁郁寡欢的样子：那时候还年轻。可七八年前，她还是个女学生，而今已二十六七了。她们所谈的，都是生活的重担，似乎希望借此得到我的帮助。对于这点我可以理解。但我依旧倔强地叫她们少女，喃喃自语般地写下这些好像是对风声和明月说的话。我就是这么一个稚气的少年。

好在这封信是写给你们的。然而我无法找到你们，我也就无须担心你们的抱怨．寄来的都是些虚构的东西。这，也许算是我的幸福吧。对于风声和明月，我还有种种的回忆，但如果不去追思，也是什么都无法说的。而你们，没给我留下任何的回忆。对于所有的人而言，父母应当是回忆的最丰富最亲切的源泉。唯独我，在这方面没有任何的感受。这是一种多么难得的幸福——没有背影的你们啊！

夜深人静，房门关闭，少女的背影就此消失。据她说，自己患有颇为严重的心脏病，一旦发作，就会上气不接下气。有一次，她走着走着就感到头晕目眩起来，根本看不见任何东西。好在她有着刚强的性格，当时就紧闭着眼，为自己喊了声"挺住"，就挺住了。如果她是个懦弱的人，一定会当场倒下，不知又会给陌生人添上多少麻烦。她还说：只有搽了胭脂，脸上才会有些许的红光。事实上，她的脸色相当地苍白。医生曾宣布，如果不能保持绝对安静，她任何时候都可能死去。就在两三天前，她还去找占卜先生算过一命。她过得不富裕，所以没条件雇女佣，加上自己抚养了两个孩子，素来又爱干净，如果不从早干到晚，就过得不舒心。为了生活，她支撑着病体拼命，不时还必须去到跟安静完全扯不上关系的地方。面对这样的背影，我不知该说些什么。相较起来，面对死去的父母一吐衷肠，反而要轻松多了。

你们的独生子已经无法回忆起你们了。就请安息吧，故去的父母！

第三封信

这是盂兰盆会的第二天晚上，据说是地狱揭开饭锅锅盖的日子。当我和妻子漫步在上野的大街上时，妻子突然停在了一家佛龛铺子前，说：

"咱家明年也添置个佛龛好不？"

"胡说什么，家里怎么能随便安置佛龛？那是会死人的！"

"说什么死啊死的，只要你不死，哪里会有什么人死！"

"也是。"

这次对话到此也就结束了。我仍然没有想要孩子的心思。就像妻子说的，要说死的话，死的一定不是妻子，而是我。

我应该向你们表示感谢，因为你们没有给我一个兄弟。我并非是在没话找话。我其实是个相当轻薄的人，说话极为任性，就像我所写的东西，许多都是虚构或杜撰出来的。我有时也会对此自省一番。

"要是姐姐还活着，那该多好，但是……"

每当听到人们这样对我说，我的心里就感到厌恶，甚至战栗。这对于一个还不到二十岁的少年而言,并不完全是在夸张。但这样的说法,并非指责姐姐有多么令人讨厌。

在你们去世了七八年后,姐姐也在十五岁时告别了这个世间。当时我只有十一二岁。在你们去世后不久,我就被祖父母带回了故乡,姐姐则被寄养在了姨母家中。分为两地的生活,使我连有一个姐姐的事,也忘得一干二净。对于姐姐的死,我只是看到了悲伤的祖父才有所感受。可祖父也没能在姐姐咽气前见上她一面,他也没带我参加姐姐的葬礼。和姐姐分别到她去世的这段时间里,我只见过她两次。第一次,是姐姐为参加祖母的葬礼而回了故乡;第二次,是在祖母去世后不久,姨妈带着我去走访亲戚时见到的。那年我八岁了,却记不起姐姐身上的任何特征。我唯一记得的,是一个场景。

你们应该知道,老家正门旁的那间房子正对着的庭院南边有一个两层的走廊,廊外的柱子和柱子之间,架了根棍子。当时我就像骑马一样坐在上面,而姐姐在铺席上哭嚎着……我至今还记得那时的心情。我对于自己犯下的错,很是悔恨。但为了隐瞒那些过错,我反而努力地虚张声势。姐姐是因我的过错而哭泣的,我却不搭理她,只是远远地看着。我招来了这意想不到的结果,却没有办法收拾局面。虽然我脑子里有着姐姐哭泣的印象,但当时姐姐哭泣的样子和声音,以及所有的一切,都没有了准确的形象。这种缺乏具体形象而只有感觉的记忆,并不能分离我和姐姐,或是将我们的情感联系切断。相反的是,这样的记忆反而使我加深了对姐姐秉性的了解。"你那时候太淘气任性了,你姐姐就经常被你欺负,她时常感到为难。"这是表姐在多少年之后,告诉我的姐姐回老家时的情形。她的心境我可以理解,或许是长期在姨母家寄养,当她突然回到祖父母的身边时,一定对遇到的任何事都感到一种无法协调的挫败。亲切感的缺乏,使她的心情极为郁闷。

那时候的我,时常有不想上学的情况。当时村里的小学生都习惯于先在神社前集合,集合完毕后一起去上学。每个村子都在比赛上学率,任何人的缺席,都是那个村所有孩子的责任。孩子们就会集合在神社,先进行点名,再一起到缺席的孩子家中,将缺席的孩子带走。祖父母很害怕这一招(事实上,祖母是我上小学那年的夏天去世的),每当听到他们要来,就立刻将挡雨板全都关上。祖父尤其害怕那些孩子的呼唤,他默默地陪我躲在屋里,缩成一团。不久,外面孩子的骂声高了起来,还不断地有石子砸到挡雨板上的声音。直到快到上课的时间,他们才肯离去。等他们一走,祖父终于缓过了劲儿,温和地对我说:

"好了,他们都走啦。"

接着,祖父再次将挡雨板打开。

我就是这样任性的孩子。对于从小就寄人篱下的姐姐,在面对这样的弟弟时,可以想见,她一定会感到无比的痛苦。

据说,她在大阪养成了快吃完饭时用茶水泡饭的习惯。后来姨母曾讲道,她时常跟姐姐说:

"茶泡饭也会伤胃,一定要好好地嚼。"

"好的,姨妈。就算是汤,我也是好好嚼了才吞下去的。"

这样的对话,想来是发生在茶泡饭的时间,但这让我觉得也太没出息了。

我觉得幸运的是,因为早逝,你们没给我留下任何记忆。或者说,对我而言,是幸运和不幸运各占了一半。但对姐姐,你们必须有所歉意。她比我大五六岁,恐怕有很多关于你们的记忆。加上她作为一个女孩,而且还是才十五岁就去世的少女,是不可能像我一样,把父母的早逝看作幸运的。这样的想法,也确实令人讨厌。这便是姐姐的可怜之处。如果你们能向姐姐道歉,我会让我的妻子作为我的代表,全盘接受你们的致歉。如果之后我生了孩子,你们也需要向他们致歉。不仅如此,你们甚至应该对凡是我接触过的那些人,都负有或多或少的罪责。你们现在明白了吗?我以前就说过,如果你们认为我始终在思念你们,未免也太自负了。先不提因为你们的存在——虽然我认为你们是不存在的——对我产生了怎样的影响,但你们确实对我所接触的人产生了影响。有这样一句格言:孩子没有父母也能照样长大。如果给它进行一个不全面的解释,可以说,对孩子来说,没有什么比父母更会影响他们的成长。无论这究竟是象征你们输了,还是象征我输了,也不过是命运的作弄而已。对于你们因早逝而不再存在于这个世间,我只能表达惋惜。

姨母把姐姐"连汤也嚼"的回答告诉了我,将其解释为姐姐的单纯、温顺、纯朴、谨慎,认为这足以表现她的性格。或许她所说的是真的吧。我也并不想将其歪曲,硬从中看出姐姐的不幸来。何况对于这个缘分浅薄的姐姐,我并不那么关心。然而,我听了之后,却不能只是一笑了之。也许当时的姐姐真的有认认真真地嚼汤,姨母家的人也都笑着愉快接受了,显现出一派和睦温馨的场景。但要知道的是,姐姐不属于这个家庭,他们不是一家人。

据说,姐姐的学习成绩很是优异。她是个聪明伶俐的孩子,性子又格外地温和谨慎,所以很得姨母一家人喜爱。自从祖父去世后,孤苦伶仃的我在学校放假后就会寄食在姨母家。按道理,关于姐姐的事,我有的是机会从姨母们那里听到。而且我跟表姐的关系很是密切,她与姐姐同龄,现在居住在东京,我也听她讲过姐姐的事。可每次听到这些,我就会露出厌烦的神情,也不会好好地跟人搭话,从而根本聊不起来。那些听过的事,我也都没怎么记住。

"我这里还有张她幼年的照片,你看过吗?"

"哦。"我露出模棱两可的笑。不是我没机会了解到姐姐的样貌,而是给我看的那张照片,早被我忘得一干二净了。在我的头脑中,我随心所欲地想象着姐姐的样貌:肌肤洁白,体态丰盈。如果还要加上更多的语言描写,那必定是更加荒唐的无稽虚构了。

可我知道,我姐姐就是这样极为温顺的人,别人让她向右转,她就可能整整三年都在向右转。如果她能活下来,当姨母给她选对象时,她大概是不会考虑自己的意愿,任谁都会答应的,最终也就那样平凡地度过了人生。

"既然没姐弟缘,还不如干脆没有姐姐好了。"

拥有七个兄弟姐妹的妻子,养成了这样的口头禅。其实,观察这个社会，也会觉得这样的话有着大致的正确性。

"是啊，特别是在城里生活的人，更是如此。兄弟姐妹还不如朋友来得好。在兄弟间，有觉得幸福的，就一定有觉得不幸。如果我姐姐还活着，就一定会以她丈夫的眼光来审视弟弟。当她的丈夫对我说三道四时，她也就会附和。这就是女人所谓的幸福。"

"哪里有那样的事。"

"不管怎么说，我就是无法忍受女人的不幸。"

我暗自思索：其实与其说我想的是姐姐还活着这样的如梦境的虚幻事物，还不如说我其实在想表姐妹们的事。可以想见，她们过得都不怎么幸福。

从我收到的来信可知，母亲娘家的那些姑娘，您的那四个外甥女的状况。老大的丈夫很早就过世了，留下个独生子，却身心孱弱，为了清理财产好像吃尽苦头。老二嫁给了一名骑兵，结果丈夫在出兵青岛时去世了，只留下一个女儿。老三从女子学校毕业后不久就得了肺病，后来与一个百货店的店员结了婚，于两年前去世。老四就此成了老三丈夫的填房，她母亲只得跟小女儿住在一起。她们还有两个兄弟，都在前些年失去了房屋和田地，在城里过着漂泊无依的生活，甚至都没有固定的住所。你们在农村的亲戚，那些曾经的世家，全都没落了。就拿收养我姐姐的姨母家来说，我最大的表姐差不多四十了，也没生孩子。前段时间，她丈夫又得了不治之症。中间的表妹也过得不怎么好。表妹的孩子还未上学就得了胃溃疡，恢复得不怎么好。他们拜托我去请某个少女家的僧人来为孩子祈祷。于是十六日盂兰盆会那晚，我们夫妇俩便出了门。我们商量好，妻子去这位表妹家，我在拜访了附近的友人后，跟妻子在离那儿不远的那位少女家碰头。

"她搬家时尤其注重房子的方向和风水。一个年纪轻轻的女孩子，竟相信那些怪事。也许，是她过得太不幸了吧。"妻子说。

"也许是这样的吧。"

"听说前段时间，她又请了风水先生，说是看了现在住的这所房子。

结果风水先生说,这所房子对主妇不利,会使主妇烦恼不已。所以,她最近又要搬家了。"

"看来这么多家里,还是我的情况好些吧。"

我的任性,在那晚也没有拘束。因为正好是十六日的盂兰盆会,我们走了很久,也没看到空车。偶尔叫住一辆,司机根本不跟我们谈价钱,就直接开走了。或许是司机觉得,从东京这头到那头,还可以接到三四趟客人,似乎更为划算。我把造成无法坐车的情况,归罪于妻子,就此毫不客气地批评:

"这点常识你怎么都不懂?今天可是十六日盂兰盆会,肯定很少有空车。你为什么就没早想到去坐省营电车呢!这点事都办不好,也太糟了。"

我就是这样任性、固执,可为何还有在这个社会立足的能力呢?这大概是我的天性,如果认真起来就会极为认真,不需要认真的时候就会不拘形式。我就是这样打发着每天的日子,没有什么可悲伤,也没有什么可懊悔。

因为老是打不到出租车,我便决定等明天再去表妹家。于是我们走上上野大街。当走到佛龛铺附近的袈裟铺时,我停了下来,凝望着橱窗中的袈裟。我近来喜欢看舞蹈,就说:

"你觉得用这种袈裟布做件舞蹈服怎样?"

突然,我想起在故乡时,每当盂兰盆会,僧侣们就会施舍饿鬼。他们穿着这种带有金银色、紫色及绯红色的袈裟,绕着大雄宝殿的佛像,一边走一边抛撒莲花的花瓣——而我的眼前,仿佛飘舞起莲花瓣。也不知那些故乡的坟墓,现在如何了?

我的先祖算得上是村里的贵族,可能跟这种荣誉有关,我们家族有自家的墓山,离村里的墓地很远。可如今,这山上只剩了不到五十块石碑。祖父把山卖了一部分给别人,那部分在我童年时就被开辟成了桃山。后来,山主不断地扩大耕地,甚至扩展到了墓地那边。作为界标的那棵大松树已枯萎,界石也被挖掘起来。每个假期,当我回到故乡,就会看到那些围绕着坟墓的青松和杂林在日渐稀疏,好像连墓标都在逐渐地裸露。中学时,我曾想过:等我飞黄腾达了,一定要把那些被侵占了的坟墓周边统统买回来,还要修一道漂亮的石头围墙。今年的盂兰盆会,故乡应该会有人给他们扫墓,把那些埋没石碑的青草一一清除。盂兰盆会的古老习俗,依旧适合故乡那样的村庄。

走进上野大街背面的胡同,家家户户的门口都在焚火(盂兰盆会的第一天是用供品接祖先回归,第二天是焚火送祖先)。不知怎的,我竟感到一种令人可怕的寂寥。如今的东京,能如此过节的,还有几家呢?

"今晚是送先祖,对吧?那孩子的家里昨晚就办了仪式。"我对妻子说。那位少女的家中,经常有僧人进出,昨天就办了仪式。

"今晚一点左右,我必须回去焚烧送火呢。"她说。由于那少女家的坟墓靠近我家,我昨天就问过她:

"你今天怎么不去扫墓?"

"啊,扫墓?他们今天都不在,扫什么墓?"

"噢,对呀。今天是盂兰盆会,祖先们都是要回家的。"

妻子插话说:

"要不,咱家也迎迎祖先吧,否则可能有什么不好的事发生。再说了,祖先们无依无靠的,也很可怜,不是吗?"

其实妻子对于那个所谓的祖先世界,并不特别相信,也不特别怀疑,只是说说而已。尽管如此,她却想添置一个佛龛,为你们,为连照片都没见过的你们,希望可以在盂兰盆会时迎你们回来。我觉得这样做未免滑稽可笑了些,所以就写了这封信,以此替代盂兰盆会。但我不知道,是否能用它作为你们的供奉。

你们的独生子已经无法回忆起你们了。就请安息吧,故去的父母!

第四封信

去海滨避暑,确实可以舒适地过段日子。可等回到东京,由于家中拖欠了各种费用,煤气公司停止了供气,电灯公司宣布了断电,税务局来通知了为拍卖而查封物品的日子，米铺拿走了凭折便不再回来，还不知道对方的门牌号码，女佣只得每天拿着五角钱去市场买米……这究竟是一幅怎样的景象呀。

坐在从海滨回城的火车上时，我就对妻子说："等回到东京时，不知会不会发生些如何有趣的事。"

"哎呀，也许吧。"

"来的，都是些讨债鬼。"

"唉，确实是那样。"

"我们在海滨的日子，过得无忧无虑的，实在是舒心。从头到尾，几乎没怎么为钱担忧过。将近一个月的时间里，我就只写了篇少女小说，以及四篇新闻报道。"

于是，我们就有了这么一次不太光彩的对话。当时，我曾转念想过："或许到什么地方去找座安静的山，在那里干一番自己的事业，会更好吧。"

这些暂且不谈。我原本是个乡下人，炎炎的夏日却是在这个海边的小镇度过的。每当我凝视着大海时，总能被那里的风光所吸引，那些海潮的颜色，翻腾的波浪，都牵动着我的心绪。山路之上，可以看到海岸的附近有些普通的小山，上面种着许多小松树。这里的夏日，就算没有这些遍山的小松树，也是一片葱茂，绿意盎然。我并非是要去特意观赏那里的风光。事实上，那里没有什么值得看的东西。但看着这样的山，我便感到心里热乎乎的，心情更是坦荡起来。这大概就是根植在我心底的乡情吧。你们也该知道，故乡只有那些普通的小山，没有海。

先祖在这些普通小山中的一处山麓下，建了座黄檗宗（禅宗的分支临济派）的寺庙。我小时候，那是座尼姑庵，由祖父的养女——即你们的妹妹——在寺中住持。寺庙周边的那些山林和田地，都属于我家。但那时，是没有地主的。尼姑庵里供奉的主佛是虚空藏菩萨，每当十三参拜节（日本的阴历三月十三日，也就是阳历的四月十三日，举行的参拜虚空藏菩萨的典礼，是十三岁少年的重要节日。）时，就有成群结队的十三岁孩子，从老远的地方赶来参拜。这无疑是村子里一年中最为热闹的日子了。想来，这应该也是父亲您的少年时期最开心的日子吧。大约二十年前，那位尼姑也去世了。

记得小学毕业后，以及刚上中学的那段时间，有好几次我都趁着天未亮的时间，独自登上了那座庙后面的山去看日出。至于为什么要去，我已经不记得了。可能是因为在正月初一的早晨读到的拟古文集里，有描写元旦日出美景的句子。这使我萌生了去观看的兴致。即便没有这样的目的，我也经常做这种事。

我喜欢爬到庭院的厚皮香树上，坐在它粗大的树枝上看书，像一个轻松愉快劳作的花匠般。我觉得在这里看书，远远比在房间里更踏实。坐在树上的时光，就如同是坐上了长途旅行的火车，一切杂乱的念头都抛诸脑后。又如同是刚到了旅馆，就仰面躺下，心中无比地悠闲坦荡，无忧无虑。夏天午睡时，我也喜欢将身体伸展开，躺到橡木树荫下那块长长的点景石上。

祖父去世后，我在向来吊唁的宾客致意时流起了鼻血。我的第一反应，便是飞奔向庭院，在那块熟悉的点景石上仰面而卧。不仅是你们，我所有的至亲都与世长辞了，唯独留下我这个遗属，孤苦伶仃地存活于世。举行葬礼那天，我流鼻血的情景惊扰了他人，我在那些前来帮忙的人面前顿觉无地自容。我之所以逃跑，更重要的是不愿被人看成是个"可怜虫"，想到点景石上躲避他们的目光。夏日的天空，仿佛被橡树叶子分割成了碎片，日光从碎片中洒落下来。天空的形状不断地随着树叶的摇曳而变幻，如同孩子们变化多端的游戏。

第二天早晨，鼻血止住了，我就去捡骨灰。村里有个露天的火葬场，既没有围墙，也没有顶盖，就是在地上掘了个洞穴，往里面堆些柴火，放上尸体焚烧。我拿着竹筷子，蹲在洞穴边捡骨灰。可烟火扑鼻而来，我的鼻血又开始流了起来。我手忙脚乱地拿腰带去堵鼻孔，可非但止不了血，鼻血反而更加厉害起来。我转身跑向山里，在小山另一侧的山腰上躺下。那里有一汪池水，波光粼粼的水面如同一块炫目的银板。凝望着这汪清池，如同看到一块轻轻漂浮在太空的银板。此时，任何的烦恼都烟消云散，鼻血也就此止住了，顿时全身无处不觉舒畅。不久之后，火葬场传来了呼喊的声音，我听出那是在叫我，就整了整腰带，折返了回去，用竹筷子将祖父的喉结骨夹了起来。幸运的是，当天我系的腰带是黑色的，即便上面沾满了鲜血，也不怎么显眼。我没怎么跟他人讲到过这件事。那条沾满鲜血的腰带，后来即便已经硬邦邦的了，还是被我系了很长段时间。

最近，我不太愿意去走家串户，我的理由是："已经不习惯随便躺下的方式，一躺下就会觉得难受"。当我去别人家里时，别人还会马上拿出三四块坐垫，帮我并排放下。客人来我家也让我难堪，因为我也不能随意在客人的面前躺下。

"还记得当年我去你居住的那家时，看到你经常在二楼的廊道上随便地躺着晒太阳，简直快乐极了。"有一天，一位朋友跟我说起这桩旧事。我吓了一跳，仅仅说了声"确实啊"，就默然不语。我在婚前过得无比逍遥自在，那是没有什么语言能确切表达的。

悠闲地在阳光下躺卧，海阔天空地幻想，是人世间的幸福。可能确实存在着这样的想法，而这也确实是人类的一种原始姿态。但我蔑视这种看法，却又在冥冥之中被它所捕捉。这样的我，是否永远也无法了解到生活现实的真谛？当我看起来像是在思考的时候，其实全然不是这样，我只不过是打算进行思考。这样的境况，或许不会酿成什么悲剧吧。

祖父去世时的流鼻血，是我平生第一次经历这样的情况。其间的难受自然不言而喻。祖父因病去世，使我无比地悲伤。在世上，我更加地孤单和寂寞了。当时，我已经读中学三年级了，正是想入非非的少年时期。本来我应该对今后该如何生活这样的重要问题进行思考，但我头脑里所想的，都与此无关。我继续无忧无虑地生活，仍然可以悠闲恬静地从叶缝间欣赏蓝天，凝视洒满阳光的湖面。这绝不是我在听天由命，或者自暴自弃，抑或悲观绝望。或许当时的我，全然看不见祖父的死以及自己的境遇，所以几乎没有过绝望的心境。我过得很是豁达，对自己所做的事，或者自己所祈求的事，都保持着乐观，相信一定能取得成功。就算最终依旧是双手空空，我也是在空想之中游弋。对于那些错过的时机，事与愿违的境地，期望后的失败，我也并不执着。即便出现了令人绝望的结果，也不能使我灰心丧气。所以，对我而言，即便有苦恼的事，也会一瞬间全都忘记。我继续做着梦，这件事或那件事的梦，另一个由片段织成的梦。所以，于我而言，不存在真诚的悲伤，也不存在真实的悔恨。你们生了个好儿子，但你们却任由尚未懂事的他留在人世，不担心他将遭受到怎样巨大的痛苦及悲伤，你们从来都没为此担忧过。

不久前，一个亲戚来向我咨询，他想跟一名私娼结婚。但我的话却多少动摇了他的决心。对一个想结婚的男人而言，即便我对世间的所有婚姻都持反对意见，也无法扭转他的心思。在他看来，我作为一名小说家，多少明白些事理，不会按平常的眼光来看待这件事，所以期待着能从我这里得到令自己满意的答案。我当然不会如平常人一般，就因为她是私娼而断定这样的出身是不能被娶为老婆的。但既然他是来向我咨询，我就只能跟他谈一些常识：首先，既然她当了几年的私娼，可能会出现身体不好的情况；再者，现在她全家都是靠着出卖色相的女儿来维持生计，一旦结婚，男方就必须背负起这个家庭所有的生活重担。

"按照常理，我是不可能赞成这桩婚事的。"我给出了冷漠的回答。据说，那女子在一两个月后就能获得自由。可想要娶她为妻，却又继续让她干着那样的行当，即便只有三四天，也是不好的。但如果他们结婚的事因我的反对而告吹了，同样是不好的。所以不如我替她支付剩下的债务，让她马上回乡，如何？我很认真地跟妻子商量。每当我跟妻子商量这样的事时，其实我们心里都明白，十之八九我们是无法拿出这样一笔钱来的。如果是过去，妻子会附和道："是啊，要是能做到就好了"。可现在，妻子也不敢贸然地附和我，就让事情自然地过去。于是，我对妻子说：

"这样做，也许好过玩别的女人。如果长期都玩同一个女人，就可能如此。在这种地方，如果跟同一个女人玩了三四回，这男人就算得上是个老好人。可这样做有什么好？女人哪里没有？"

然而，这也就是说说，我恐怕是无法办到的。如果我真能这样做，会不会变得像神佛一样健忘，就此幸福了？如果将这样做仅仅当作一种逃脱，未免也太轻率，太没价值了。

悠闲自在地躺着，或许只是一种惰性。这样的生活方式，难道就不是一种悲哀吗？

"那些老渔夫的脸，憨厚得让人难以形容！"

每当我们悠然地在海边村庄漫步时，经常能看见一些憨厚的老人，茫然地对着大海呆立。

"他呆呆地站着，是在观察大海的气象吗？或许是为了出海打鱼做准备吧？"

"很难说，未必是我们想的这样。"

"嗯，或许这只不过是他们长期养成的一种习惯吧。"

或许，什么歌颂大海，赞美它的美，这样的念头他们想都没想过。大海早已渗透进了他们的身心，感觉不到了。当我爬到厚皮香树上去看书时，便想起了这样的事。

祖父去世后，由于不能独自让孩子住家里，母亲的娘家收养了我。这是淀川河畔的村庄。我经常黎明时便起床，光着脚独自行走在被露水打湿的田埂上。有时我会一边把脚尖泡在水里，用草帽遮住脸，一边裸着身体在沙滩上午睡。当时的村里人，说不定会将我视为怪胎吧。

突然，有"喂，喂"的喊声惊醒了我，那是几艘上游来的帆船。就此村里人有了流言，说那个船老大误以为我是具溺死的尸体。不久之后，我就到中学的宿舍寄宿。那是我第一次看到玻璃窗。从此，如果我想仰望夜空，只需将床铺移到窗前，就能享受到沐浴月光而眠的快乐。可有一天，班长突然对我说：

"你这样做，被巡视的舍监发现了。他让我注意点，别让人以为我们是在歧视你。所以今晚就别这样睡了。"

我素来以诗人自诩，现在才知道这样的行为过于古怪，而不好意思起来。但我还是喜欢躺在中学的草坪上,或者到体操练功架上看小说。我的笔记本上经常记录着我躺在学校围墙外面的岸边所看到的场景,如黄昏时的原野,通过的自行车,以及奔跑的狗狗之类。即便到了大学的预科寒假,虽然大部分学生已不在宿舍,我仍然每天躺在向阳的草坪看书。

有时,我会在伊豆的温泉山村里待个一年半载,走遍那里的原野、丘陵,寻觅阳光充足的处所。这样,即便是长时间茫然地在同样的地方待着,我也没有无聊之感。

今年秋天,我很想去山村,以便认真地考虑工作。可我依然对长时间舒展身体充满了期望,想悠闲地在向阳的地方躺着。幸亏有你们的早逝,才使我小时候得以居住在祖父那小山重叠的故乡。否则,一定是和作为医生的父亲一起,生活在城市。这样的生活,可能会让我这个体重不到四十公斤的人,早早地离开人世。

今年夏天,我把小狗也带去了海边。这狗出生在东京,就连鸡的叫声也会把它吓得魂不附体,一个劲儿朝着声音的方向不停地吠叫。甚至当看到朝霞染红了白布的窗帘,它也会尖厉地吠叫。

你们的独生子已经无法回忆起你们了。就请安息吧,故去的父母!

第五封信

> 将你的名字,
> 刻在粗大的树干,
> 看它的枝干参天。
> 与其刻在大理石,
> 不如刻在树干,
> 你的名字会因此而长大。

对诗歌的朗读,最好是在打算提笔写作,却又苦苦抓不到具体的形象,而深感空虚、焦灼时。只有在这时,我才会朗读诗歌。这是心灵最易上当的时刻——不,或许我只不过是为了受骗,才朗读那些诗歌的吧。在虚构中的我,只有处于被欺骗的境地,才可以无忧无虑地安稳入眠。

你们没有向活着的我询问真实生活情况的权利。故去的父母啊,似有似无的父母,今宵请你们陪我游戏。

> 就像现在……
> 孤独的松树挺立,
> 在料峭的北国高山,
> 安然而眠的松树,
> 覆盖着洁白的冰雪。

从海涅的这节诗中,我居然联想到了祖父苍白的头发。故乡的庭园里,长了一棵或许能令祖父自豪的古松。阳光透过那苍劲的古松叶缝筛落下来,照射进房檐,使祖父的两鬓和后脑上仅存的少许白发闪烁起光芒。少年的我,从这银色的亮光中,似乎感到了某种透明的虚幻的事物……可它在哪里与这首诗产生了联系呢?凹凸毕现的头盖骨,光溜溜的头皮和上面褐色的老年斑,都给人不洁净之感。这些在我的脑海中无比清晰,使我孤寂。或许祖父那闪光的白发,就如秋天枯萎的芒草,并非出现在家里,而是在乡村的小路上。那时,我们正要走过跨越小河的一座石桥,桥边有棵大柿子树。双目失明的祖父,一手拄着拐杖,一手由我搀扶,如身处阴暗之人走向日光。我如今时常思考:祖父难道不是早已消失了吗?孩提时的我难道不曾仰视过祖父的白发吗?

我读小学那年的夏天,祖母去世了。在此以前,不知为何祖父对我大发脾气,抓起架在长方形火盆上的铁壶追赶我,任由开水洒落一地。祖母见状急忙来护我,可双目失明的祖父根本没看见。被追到房间角落的祖母迫不得已蹲了下来。祖父一边哭泣,一边用铁壶狠狠地打在祖母身上,连续打了好几下。祖母的身上都冒起了热气,她却仍然不吭声,没有对祖父说:"是我,老头子!"她这究竟是在心疼我,还是在可怜祖父?当时年幼的我,看到发生在老人身上的情景,会有怎样的心情?我虽然对此毫无记忆,但每当我准备揍妻子时,这样的情景就涌现在了我的脑海。仿佛是想跟祖父母忧郁而纯真的感情相对抗,我越发地放肆,越是想令我那些无聊的恶作剧让你们看见。我从未梦见过你们,却经常梦见祖父。不管梦境中看见了什么,结局总是很好。

"祖父已经死了,如果他没死该多好。"梦中,每当这样的想法越来越炽烈,就会破坏我的梦,使我惊醒,眼角不受抑制地涌出泪水。良久,我才醒悟:早在十年、二十年前,祖父就离开了人世。这时,我才释怀。与其这样因祖父的似死非死而痛苦不堪,不如干脆让祖父永远死去,继而痛快地领受悲伤。也许这样要好受得多。

前段时间,我曾去过一个少女的家。她跟我一样,都是由祖父母一手养大。但她的祖父告诉我:她是个任性的孩子,不懂得体贴老人。说着说着,他的双手竟不受控制地颤抖,连身体也在不停地摇晃。他的眼眶涌出了热泪,语气变得沉痛而激动。"啊,别这样!"我大惊失色。"他就知道说我的坏话,就会说我的坏话!"她粗鲁地猛然起身,一边痛哭,一边跑向寂静的大街。她没想到祖父会在别人面前说自己的坏话。她气得丧失了理智,毅然决然地离家出走了。其实,她算是幸福的。她祖父的年龄远远超越了我祖父,已是七十五岁的高龄,身子骨还很硬朗,看不出有那么大的岁数。她家的医生告诫说:如果再让老人气得发抖,就可能威胁老人的健康,让她言行谨慎些。医生这样提醒我。看着老人激动的情景,我觉得这非同小可,原本支撑着这位祖父生命的事物仿佛在一瞬之间变得脆弱无比了。我为此而难过。但除了我以外,这个少女听不进任何人的话。故而每次她祖母遇见我,都极为真诚地恳求我,让我务必批评她。可每次当我要教训她"应该体贴老人"时,内心所想到的,总是医生所说的那番话。不知怎么回事,我无论如何也说不出劝告的话。我甚至想到:如果她有朝一日突然和蔼地对待老人,那会不会是一种不祥的征兆呢?这或许是因为我想起了自己的祖母。

那次祖母说冷，我就给她穿上了布袜子。祖母突然肚子痛，钻进了被窝，我赶忙拍打了几下，把袜子整理好。这样的举动，于我而言是破天荒的。平时撒娇惯了的我，甚至连筷子都懒得拿，任性到他人根本不想看我。我对祖母的态度就像是在使唤奴仆，这让祖母极为烦恼。可我那天却有生以来第一次表现出了如此亲切。就在三个小时后，祖母猝然长逝了。祖父和我都没想到祖母会生病，也就没在她身边照料。祖母就这样不声不响地去世了，只有她的两个胳膊肘曾挪动过。我想：或许当时的我已预感到了祖母的死亡，才会表现得如此亲切吧。想来祖母一定会原谅平日里任性的我，我也就心安了。

再说回祖父。现在回想起来，他临终前，头脑变得越来越古怪，简直成了孩子和疯子的混合。如果是别人，我一定会多少明白些事理，多少会有所斟酌、揣度，选择适当的方式对待他，或者给他以多方面的安慰。然而，我和祖父整日生活在一起，形成了一个完全属于我们两人的世界，我便很难脱离这个世界进行观察。我忘记了祖父的年龄，只要面对他，我就会在寂寞时故意纠缠，要么将他气得不行，要么使他失声痛哭。接着，我也跟着深切地悲痛起来。在外人眼里，或许我也是个不体贴老人，甚至折磨老人的孩子，可我却觉得自己最为孝顺。如果一个孩子住在人烟稀少的深山老林，和他一起生活的，是他发疯的父亲，但他不知父亲发了疯，他自己也可能因此疯掉。与其将父亲带出去护理，还不如跟他父亲一起发疯，或许这更能表现出对父亲的爱。而当越过父母，孙子同祖父母共同生活，又独门独户地居住在远离村落的地方时，必定更为孤寂。在这样的环境中长大的孙子，比起跟父母长大的孩子，要纯洁得多。可一旦将其抛弃到社会上，他那衰弱的身体很快就会被折磨得遍体鳞伤。父母啊，因为你们，我成了祖父的孩子。你们在九泉之下如果对我有一丝的怜悯，关切我走上社会时，是否双脚流淌出了洁净的血液，那么你们必定会看到我所写的漂亮言辞而眼花缭乱。我之所以写这封信给你们，将其寄到怯懦的墓场，是由于你们令我感到虚无，使我毫无牵挂。这世上没有任何人能替代你们在这方面的作用。毕竟，对于将我抚养到十六岁的祖父，我又怎么能跟他唠叨。

自从卖掉了老家的房子，我就寄居在亲戚家。当我搬到东京的公寓时，你们的遗物就所剩无几，只留下了父亲的照片和字幅。而母亲，大概您长得其貌不扬，竟连一张照片也没有。而父亲您却似乎恰好相反，热衷于拍照。老家仓库里，有满满一小箱您的照片。可这些照片也大多散佚了，我手中只剩一张。我将你的照片放在中学宿舍的书桌上，这无非是为了表达与年龄相称的无聊感伤。可当同学问我"那是谁的照片"时，我只能红着脸，却怎么也无法说出"那是我父亲"的话。那张照片上的您，猛地一看，是个美男子。不知为何，我就释然了。可最近我仔细看时，却觉得那就是副病恹恹的面孔。我皱紧了眉头，把照片塞进了旧信堆。我已经无法清楚地记忆起你们的样子，我的手里也没有可以帮助我记忆起你们容颜的物品。如果说你们给我幼小的心灵烙下了什么深刻的印记，那便是恐惧，对病痛与早死的恐惧。

"你的父母亲都是因肺病去世的。你有跟他们一样的体质，所以要格外地小心！"每当亲戚们硬逼着我喝苦涩的药物时，就会反复地跟我说这句话。对一个幼小的孩子而言，这句时常缭绕耳畔的话语，仿佛变成了一种命中注定的魔咒。托你们的福，我的这副身体总是要生一生这种病的。而我，是否就只是为了等待这致死的肺病而活着？难道我就一定要怀着这样的想法吗？

我在二十三岁时，准备跟一位十六岁的少女结婚。临近冬天，我跟朋友一起去北国征求她双亲的同意。这件事在前面的一封信中已经说过。

"他父亲去世了，是在日俄战争中阵亡的。"我的朋友欺骗了那姑娘的父亲。

"嗯。"那姑娘的父亲没多问，只是应了一声。此时的他正为女儿的事伤神，听了不太紧要的内容，也自然不在意。但我却被吓了一跳，好像被人一刀捅进了胸口，就赶忙拉起衬衣的袖口，遮住掌心，好将手腕瘦骨嶙峋的样子遮掩起来。我暗自琢磨：看来，朋友可能对我父亲死于肺痨一事有所了解。我的脸不由得唰地变得通红，烦恼地想：如果姑娘的父亲问我的双亲为什么都早逝，我恐怕就很难回答了。我没跟友人事先商量过这事，我也不记得曾同朋友们谈过你们的过世。毕竟，我是决不会将这件事说出去的。

就连先前给你们写的那几封信，我也在有意地隐瞒你们的死因。对此，你们是否感到可笑？你们会由此认定，我的信就是封虚伪的信吗？但我可以肯定的是，孩童时起，我心中就充满了根深蒂固的恐惧感和羞耻感。我不愿听到关于你们的任何事，一听我就会全身战栗。即便被什么人强迫听到，我也会快速地忘得一干二净。原因可能跟你们的病逝有关。对了，我忘记告诉你们一件事：我准备把那张照片烧掉，那只不过是张拍了父亲您病容的照片。这便是我能给你们所做的唯一算得上情真意切的事，就如同祖母临终那天，我帮她穿上布袜子一样。当然，这不仅仅因为你们的病。无论从哪个方面来考虑，在你们和我之间，所谓的爱的道路只有一条，那便是忘却。我想，在那个似有似无的世界，你们应该明白。这样一封信，或许就是活着的人的一种无聊报复，或许会为你们在冥府竖立一道障碍。就像我先前多次提到的，这世上没有任何人会如你们般愿意倾听我的谎言。你们只有我这个独子，就只能承受我四处散播谎言的痛苦。社会上的那些纷纷然的议论，不过都是些文人的本分。幸运的是，我连什么是实话都没概念。但我不想对祖父撒谎，对着他我只有沉默，除此无他。

父亲您在弥留时坐了起来，给对你的将死毫不知情的姐姐和我写遗书。您给姐姐写了"贞节"二字，给我则写了"保身"二字。这些字我在故乡老家见过，现在则不知其踪迹。那时的我就是个孩子，对于"保身"一词的原意并不知晓，但我认为您想说的是：

"要保重身体。"

那时的我年仅三岁，还身体虚弱。要抛下这样的我离开了尘世，您的心情我多少有些了解。

原本姐姐的身体是很结实的，反而比我先死，仅活到了十五岁。在收养她的姨母家中，姐姐遵照了您的遗训，始终保持着女性守贞节的美德。从姨母家的人说到她的语气可知，他们对这样的她很是怜爱。我也遵照了您的遗训生活，至今依旧健康，令身边的人感到不可思议。我是一个工作起来就不分昼夜的人。妻子跟我这样的人做伴，看不到任何希望，只是在等候离别。她现在已逐渐失去了做事的兴趣，身体也日益衰弱。明明看起来很羸弱，她却变得更加固执，每每都要硬干。不久之后，我就将迎来三十六岁的新年。我决定在明年同妻子分手，以节省出今后的生活费。我们整日谈论着这个计划，似乎它已成了这个新年唯一的乐趣。这或许是我们没有孩子的缘故，而且两人都还算健康。

父亲您曾在浪华（大阪市及附近的旧称）的易堂学习汉学及书画。您的"保身"二字写得相当有易堂的风格，让人感受不到这字出自濒死之人之手。从照片上，我能看到您的病；而这张字上，我却看到了您的悲伤。我没有将它裱糊起来，不忍心给人观赏。后来，这幅字失踪了，您的字迹只剩下一张汉诗的字幅，我反而觉得更好。我把那张字幅放在学生公寓长达十年之久，不知道现在是否还在那里。我经常去伊豆的温泉，每次一去就是一年半载。公寓不能总是空着等我，于是我把行李打包收拾好。等到两三年后，我也有了自己的家。当我再去取行李时，竟全然忘记了那张字幅。

除了您的字幅，故乡的家里还有稳元（黄檗宗的鼻祖，于1654年东渡日本）、即非（稳元的徒弟，1657年东渡日本）和木底（与稳元、即非齐名，三人并称黄檗三僧）的挂轴。我们的先祖在村里修建了一座黄檗宗的寺庙，常与宇治的黄檗山往来。这一流派僧侣的字幅，我们家收藏了很多，但我手里却仅剩这三幅，想来应该不是赝品。每当我对妻子谈起这事，妻子就惋惜起壁龛上没有可挂的东西。于是，我们派人去当年公寓附近的当铺"犬屋"，询问到底拖欠了多少公寓费用，那些挂轴是否被押在那里。

"因为没欠多少，我们就没有特意去催收，这事就一直这么耽搁了下来。不过，你们确实押了挂轴和没裱糊的字幅在这里。"当知道对方这样的回答后，我立即打算还清债务，好将抵押的挂轴换回来。其实那座公寓离我现在的住所并不远，只有不到十分钟的路程。但既然公寓主人不想催债，我也难得去索回。我欠的钱确实少得可怜，所以并非是我没钱偿还。更何况，这笔债款与黄檗三大家的字幅价值相比，可谓相当悬殊。此后又过了两年，每次妻子想起此事，就说：

"我还是亲自去一趟吧。"

"嗯。"我只是微笑。

还是不说这些了。不过我并没有告诉妻子，同黄檗僧的挂轴在一起的那张没裱糊的字幅，是父亲您的亲笔。如果把这字幅索要回来，并裱糊好，当有人向我询问那是谁的字时，我多半会感到不悦，就像被人捅到了痛处般。如果您认为，我长大后就会永远地珍惜您的遗训，或者能体谅到您在弥留之际留下这幅写着"保身"字样的字幅时内心的悲伤的话，那也未免太过自大了。

"将你的名字，刻在粗大的树干"而非刻在大理石上，从让·科克托（法国现代派诗人）的诗句中，我想起了你们，于是写下了这封信。但读着读着，我就对这首诗生出了厌恶。我怎么可能长期地被受骗。不把名字刻在大理石上，而要刻在树干上，这样的说法难道只是为了俏皮些吗？或者，这里的"大理石"和"树干"，不是本来的意思，而是象征了各种事物？不管哪一种，都不是荒唐的说法。树木不断生长，当它长成参天大树时，上面刻的"你的名字会因此而长大"。如果刻的是什么先驱者或志士仁人的名字，倒有些意义，但对于一般的普通人而言，应该只想在爱人或孩子的心中刻下自己的名字。在那里，他们的名字会不会逐渐变大？我认为一定会。

但你们还是把名字付诸流水的好，这样会让彼此都更轻松些。幸亏你们没给我留下任何使我妄图逃避的记忆。就算是祖父，我也在不断地残忍回避着。记得祖父弥留之际，痰堵在了气管里，他就一个劲儿地挠着胸口，发出痛苦的呻吟。我却在这时逃到了隔壁的客厅，大声地朗读着藤村（日本诗人、小说家岛崎藤村）和晚翠（日本诗人土井晚翠）的诗。大约一年后，一位表姐在无意中责备我：当时祖父就只有你这个唯一的亲人了,你却不守着他,也太薄情了!我顿感震惊,如同看到了个陌生人,心底涌起一股无依无靠的孤独感。可当时的情景,是无可奈何的啊!

显然,是表姐误解了我。

"当我病危时,绝不允许任何人来我的病房。我不需要如被人看热闹般死去。"平日里,我会如此叮嘱妻子,如同在立遗嘱一般。究其原因,便是祖父临终时的痛苦。祖父身边的一位老大娘为此叹息:"你祖父可是个很好的人,像佛爷一样慈祥,怎么会死得这般痛苦?"这样的叹息,竟比祖父的死更令人悲戚。祖父健在时,我很少在睡前待在家里。不知怎的,每当吃过晚饭,随着室内的光线逐渐地昏暗,我就被一种难以言语的寂寞驱赶,变得心神不安。我明明知道独自将祖父留在家中,会让自己心里过意不去。但我实在无法直视祖父的脸,无法忍受心中的难过。

"爷爷,我想出去玩,可以吗?"

"好的。"祖父会高兴地微笑着同意。

可老人那细小而高昂的声音,在那一刻显得异常悲凉与凄恻,那股寂寞感就如潮水般涌来。我一到外面,便如释重负,连身体也灵巧了起来,旋即一溜烟地奔离了家。朋友的家中温暖非常,我却越来越记挂孤苦伶仃的祖父,更难振奋起精神。等过了十二点,友人家中的小门铃声传来,带着悲凉的哀伤更是猛然地袭向我。我回到家门口的树篱笆前,不由得感到了黑暗的恐怖,担心着祖父会不会在我离家期间死去……我跌跌撞撞地冲进了房屋,这已然成了每晚的惯例。接着,我会悄悄地爬到祖父的铺前,噙着泪水凝视祖父熟睡的脸,为将祖父一人扔在家里而后悔不已。祖父的睡脸,在那时像极了遗容,透着无以言喻的凄凉。可等到了第二天晚上,我又开始重复前一天的话:

"爷爷,我想出去玩,可以吗?"

看着日益衰弱的祖父,我依旧如故。

暂不谈我的事,还是谈回那个也是由祖父母抚养的少女。当时气急了的她,虽然半夜逃出了家,却不过是在附近的原野站着,或是在电车道上毫无目的地乱走,仅此而已。这种不想待在家中的行为,对一个快到结婚年龄的女性来说,无疑是会招来灾难的,很令人担忧。于是,我很严肃地跟老人谈了这一点。虽然由我提起这件事,诚然滑稽。

与父母一起生活的孩子,会思考父母的死;可与祖父母一起生活的孩子,却不会对祖父母的死有所怀念。这样的人生,会使跟祖父母一起生活的孩子日益孤僻娇气。所以,父母兄弟都还健在的妻子,比起我来更有吓唬那少女的手段。

"你祖父最近是不是相当虚弱?"

不出妻子所料,那少女的脸陡然变色。

"什么?怎么可能。您骗人的,您就是在骗人,是不是?请您跟我说,您就是在骗我。"

"啊——"少女认真的态度,把妻子给吓住了。

少女则无精打采地往家赶。

"真希望能三个人一起死。"

这句话就此成了她的口头禅。她的话语中,有着对祖父母去世以后,自己能否活下来的恐惧。在祖父母的疼爱中,我那颗赤诚的心有着无限的傻气,一旦任起性来,就如同发疯一般。而这,可能就是他们在我心中残留的爱的星火。我在夜里偷偷爬到祖父睡铺前的样子,显得无比可怜。可后来,我被亲戚收养,无论如何也无法对他们说出感谢的话语。每当我独自待在卧室时,就会郑重其事地端坐在睡铺上,向着亲戚的房间再三地鞠躬。可这样的举动,到底有多大的意义呢。归根结底,这是我可悲的性格所造就的。

我有些忘乎所以了,不小心又要开始杜撰一番。突然,我想到:我为什么要对似有似无的你们进行倾诉?想到这里,我不由得松了口气。猛然抬头间,看到了壁龛的绘画。那是一副素描淡彩,以《明朗春日》为题。朋友将这幅画送给我时,对我说,写作一定很艰苦,但如果你看看这张画,可能就会心情舒畅。这位画家是在今年的秋天离开的人世。当他的遗体被运到医院太平间时,我看到他睁开的眼睛只露出了眼白。

我便娴熟地伸出手,替他闭上双眼。既然这封信用了无聊的诗句来开头,那我就在最后,将自己赞颂这位画家而作的《明朗春日》记录下来。这首诗令我颇为满意。你们是否想看一眼尚留在人世间的儿子?你们是否会无牵无挂地安然闭眼?

你们的独生子已经无法回忆起你们了。就请安息吧,故去的父母!

> 春天的光在膨胀,
> 将所有的物体变作椭圆。
> 请看清水里的蝌蚪吧,
> 正做着富贵的梦。
> 胸前挂有系着红丝带金喇叭的村童,
> 俨然如春之天使。
> 阳光下,跳跃的鱼儿同空中的鸟儿嬉戏,
> 燕子飞出长着杂草的窝。
> 紫花地丁在河边缱绻,
> 人间便将其视若珠宝。
> 原野上的姑娘啊,请在那桃红幔帐里
> 点起一盏神话之灯吧。